insel taschenbuch 5048
Tatjana Kruse
Schöner sterben auf Sylt

Sommer, Sonne, Sylt – doch die Idylle trügt. Plötzlich prallen hier zwei Welten aufeinander: junge, zu allem entschlossene Klima-Aktivist*innen und die chillende Schickeria. Als die ersten Umweltsünder sterben, ist klar, dass die Gruppe »Letzte Tage« dafür verantwortlich gemacht werden soll. Nur zwei Menschen sehen das anders: Mia, die ältere Schwester einer jungen Hauptverdächtigen, und Fred, ein lässiger Lebenskünstler. Sie glaubt nicht an die Schuld ihrer kleinen Schwester, er hat sich in Mia verguckt und weicht ihr nicht von der Seite. Die Ermittlungen der beiden – zwischen Schampus in Kampen und Farbspritzaktionen in Westerland – werden heiß: nicht nur, weil der Bodycount steigt, sondern auch, weil es zwischen Mia und Fred heftig knistert ...

Eine Thrillerkomödie mit viel Wortwitz und voller skurriler Überraschungen.

Tatjana Kruse ist leidenschaftliche Krimödien-Autorin. Sie lebt und arbeitet in Schwäbisch Hall, der Stadt zur Bausparkasse, aber ihr Herz schlägt für die Nordsee und für Sylt. Sie wurde für ihre Krimis bereits mit dem Marlowe der Raymond-Chandler-Gesellschaft und mit dem Nordfälle-Preis ausgezeichnet. www.tatjanakruse.de

Tatjana Kruse

Schöner sterben auf Sylt

Eine Krimödie

Insel Verlag

Klimaneutral
Druckprodukt
ClimatePartner.com/14438-2110-1001

2. Auflage 2024

Erste Auflage 2024
insel taschenbuch 5048
Originalausgabe
© Insel Verlag Anton Kippenberg
GmbH & Co. KG, Berlin, 2024
Alle Rechte vorbehalten. Wir behalten uns auch
eine Nutzung des Werks für Text und
Data Mining im Sinne von § 44b UrhG vor.
Umschlaggestaltung: zero-media.net, München
Umschlagabbildungen: FinePic®, München
Satz: Satz-Offizin Hümmer GmbH, Waldbüttelbrunn
Druck: CPI books GmbH, Leck
Printed in Germany
ISBN 978-3-458-68348-3

www.insel-verlag.de

Schöner sterben auf Sylt

Für Lars

Kapitel 1

Sylt tritt auf,
Garstig tritt ab.

Was macht eine Leiche eine Stunde, vierzehn Minuten
und zweiunddreißig Sekunden, bevor sie zur Leiche wird?

Sie flucht!

»Herrschaftszeiten!«, brüllte Robert Garstig – der Name
war Programm – am Steuer seines nigelnagelneuen SUV.
»Reißt diesen Bratzen doch einfach die Hände vom Asphalt! Haut wächst nach!«

Sylt – das ist kein Ort, das ist ein Gefühl. Ein Gefühl,
zu dem man hinreisen kann. Was in einem Sommer wie
diesem alle Welt zu gern tat: Stadtmenschen, Landeier,
Inländer, Ausländer, Familien, Singles, Wasserratten, Son-
nenanbeter, Frühaufsteherinnen, Nachteulen, Oligarchen,
Habenichtse, tamilische Separatisten, kolumbianische Frei-
heitskämpferinnen und diverse Überlappungsindividuen
mit ein bisschen was von allen.

An diesem Tag auch Robert Garstig. Leider, möchte
man sagen.

Er hatte sich in Niebüll mit einem selbst für seine Ver-
hältnisse gewagten Vordrängelmanöver den vordersten
Platz auf dem Autozug nach Sylt gesichert, damit er sofort losbrausen konnte, wenn in Westerland die Sperr-
kette gelöst wurde.

Aber jetzt ging's nicht weiter.

Und warum ging's nicht weiter?

Weil irgendwelche kleinen Scheißer sich als Klima-kleber betätigen, anstatt die Schulbank zu drücken. Lasst sie doch einfach kleben, dachte er, *dann sehen sie schon, was sie davon haben!*

Trotz seiner höhergelegten Warte im SUV konnte Gars-tig die ›Scheiß-Kleberlinge‹, wie er sie nannte, nicht se-hen. Eine Bahnmitarbeiterin in oranger Schutzweste hat-te ihm und den anderen hinter ihm erklärt, weshalb es zu dieser Verzögerung kam.

Hätte er freien Blick gehabt, dann hätte er gesehen, dass es sich mitnichten um Kinder handelte, sondern um junge Erwachsene. Alt genug, um legal Alkohol zu trinken. Was aber keiner von ihnen tat. Festgeklebte ach-ten sehr darauf, keine Toilettengänge zu provozieren. Die ja nicht möglich waren. Und wer nässt sich schon gern vor den Kameras der versammelten Weltpresse ein?

Wobei in diesem Moment nur der Vertreter der *Sylter Rundschau* zugegen war. Und der würde erst Fotos schie-ßen, wenn Action geboten werden sollte. Danach sah es aber derzeit nicht aus. Die anwesenden Schutzpolizisten warteten in aller Seelenruhe. Die übliche Mischung aus Aceton und Speiseöl, mit denen man die Aktivisten und -innen gemeinhin vom Asphalt löste, war schon aufge-tragen und würde in circa dreißig Minuten wirken. Und die Aktivistinnen und Aktivisten skandierten ausnahms-weise nicht – zwei von ihnen waren erkältet und heiser, und die anderen beiden hatten keine Lust, weil sie in dieser Woche bereits in Flensburg und Husum mit vollem Körpereinsatz protestiert hatten und heute nur hier waren, weil nicht alle in ihrer Gruppe wirklich engagiert Einsatz zeigten und sich zwei ›total kurzfristig‹ abgemeldet hatten. Dreimal in einer Woche – das ging so was von auf die Haut!

Garstig schnaubte und sah auf seine Armbanduhr. Einen Schweizer Echtgoldchronometer im Wert einer Viertelmillion, mit dem man auch im Marianengraben oder auf dem Gipfel des Mount Everest die Atomuhrzeit angezeigt bekam. Er schnaubte erneut.

»Die Polizei ist schon vor Ort. Es kann nicht mehr lange dauern«, hatte ihm die schutzbewestete Bahnmitarbeiterin versichert. Etwas blauäugig, wie sich zeigte.

Garstigs Handy klingelte.

»Was?«, meldete er sich genervt.

»Garstig? Hier Müller.«

Ein Allerweltsname. Dennoch musste Müller nicht näher ausführen, um welchen Müller es sich in seinem Fall handelte. Spätestens nach seiner nächsten Ansage war es ohnehin klar: »Wir haben ein Problem in der Nordsee.«

»Dann lösen Sie es!«, bellte Garstig.

Ihm gehörten mehrere große Entsorgungsfirmen, spezialisiert auf das Beseitigen von Sonder- und Gefahrmüll. Europaweit galt: Wann immer ein Unternehmen sich von etwas entledigen wollte, an das sich niemand herantraute, rief man bei Garstig an. Also, nicht bei ihm – bei seinen Subalternen. Wie Müller einer war.

»Es ist aber so …«, holte Müller aus.

»Sehe ich so aus, als würden mich Details interessieren?«, brüllte Garstig. So laut, dass sogar die Polizisten und die Klimakleber in Richtung Zug schauten. Die Frage war rhetorischer Natur, da es sich nicht um einen Facetime-Anruf handelte, konnte Müller ihn ja nicht sehen.

Garstig brummte, schon etwas leiser: »Rufen Sie mich gefälligst erst wieder an, wenn Sie das Problem im Griff haben. Und wenn Sie es nicht in den Griff bekommen, sparen Sie sich den Anruf, dann sind Sie nämlich gefeuert!«

Er beendete das Gespräch. Es hatte gutgetan, den Frust der zwangsverordneten Warterei mal eben schnell an einem seiner leitenden Angestellten auszulassen. Da war aber noch Rest-Frust.

Dabei hatte er es theoretisch nicht eilig. Niemand wartete auf ihn, es war ein Spontanausflug. Er wollte zwei Tage nichts weiter, als mit seiner Geliebten und mit seinen neuen Golfschlägern spielen. Und sich vielleicht noch im Haus um Kleinkram kümmern, wie die defekte Kameraanlage oder den allzu laut röhrenden Filter im Pool.

Garstigs Geduldsfaden bestand nur aus einer kurzen Lunte. Einer wie Garstig wartete nicht. Auf nichts und niemanden. Oder wie er in Meetings mit ausländischen Geschäftspartnern gern auf Englisch zu sagen pflegte: »I am a doer, not a waiter.« Womit er sagen wollte, dass er ein Mensch der Tat war, keiner, der wartet. Und sich dann wunderte, warum alle verstohlen grinsten, weil das in wörtlicher Übersetzung nämlich ›Ich bin ein Tatmensch, kein Kellner‹ hieß.

Garstig ließ das Seitenfenster hinunter und sah sich zu der Bahnangestellten um. Sie war jedoch zu weit weg, um sie anschreien zu können.

Garstig hmpfte.

Er tastete sein Sakko nach den Tabletten ab, die ihm sein Therapeut verschrieben hatte. Selbstverständlich begab sich einer wie Garstig nicht freiwillig in die Hände eines ›Psychofritzen‹. Das Antiaggressionstraining war ihm vom Gericht aufgebrummt worden, als er vor drei Monaten – übrigens in einer ganz ähnlichen Situation – ein Parkwächterhäuschen umgefahren hatte. Nicht nur umgefahren. Mehrfach zurückgesetzt und drübergerollt, bis es platt wie eine Flunder und sein Auto Schrott war. Alles in körnigem Schwarz-Weiß von der Überwachungskamera festgehalten. Deswegen hatte er jetzt einen neuen SUV. Und einen Therapeuten.

Garstig drückte auf dessen Kurzwahlnummer.

»Ich brauche Nachschub an Ihren Beruhigungs-Bonbons«, bellte er, als sich Psychotherapeut Gernfried König meldete.

»Aber Herr …«

»Stellen Sie mir das Rezept aus und lassen Sie es meiner Sekretärin zukommen«, unterbrach Garstig. »Heute noch!«

Man musste es König zugutehalten, dass er sich nicht so leicht einschüchtern ließ. Auch nicht von einem, der hochwirksame Benzodiazepine wie zuckerfreie Fischermannfreunde einwarf. »Herr Garstig, der chemische Ansatz bei Ihrer Aggressionsbewältigung ist nur für …«

Weiter kam er nicht.

»ICH SAGTE: REZEPT! UND ZWAR SOFORT!«, blök-te Garstig und beendete die Verbindung.

König, der auf der Toilette seines Hotelzimmers saß, weil er in dieser Woche seinen längst überfälligen Urlaub genommen hatte, schloss sein Klapphandy und dachte bei sich, dass Garstig keinen Therapeuten brauchte, sondern einen Exorzisten. Dennoch ging er gleich darauf zum Schreibtisch und stellte das Rezept aus. Um nur einen der Gründe für seine Willfährigkeit zu nennen: Garstig war schweinereich und hatte überall Connections – mit so einem verdarb man es sich besser nicht.

Derweil kletterte Garstig aus seinem Wagen und schritt auf die Absperrkette zu. Wenn er seinen SUV in elegantem Racing Green nicht erst vorgestern geliefert bekommen hätte, wäre er einfach losgedüst, aber das Auto – ein Prototyp, der im freien Handel noch gar nicht erhältlich war – hatten noch nicht alle seiner Golffreunde gesehen. Es sollte vorerst keinen Kratzer abbekommen.

»He, hallo«, rief die Bahnmitarbeiterin von hinten. »Lassen Sie das!«

Garstig zeigte ihr den Stinkefinger, stieg wieder in den Wagen und fuhr los.

Die Bahnmitarbeiterin, eine echte Sylter Deern na-mens Bente, seufzte. Dass man ihre Heimatinsel in vielen Kreisen für einen Tummelplatz der superreichen Durch-geknallten hielt, tat ihr nachgerade körperlich weh. Für dieses Kleinod der Nordsee mit seinem Duft nach Salz und Dünen, seinen magischen Sonnenuntergängen und seinen Schafen – von denen es immer noch mehr gab als Menschen – war die hohe Promi- und Geldsack-Dichte mehr Fluch als Segen. Fand Bente. Der SUV-Typ war der personifizierte Fluch. *Na, soll er doch*, dachte sie. *Weit kommt er nicht.*

Garstig trat aufs Gas.

Er bog auf die Rampe ein und rollte zügig auf die Klimaklebertruppe zu, die wenige Meter vor der Rampenabfahrt immer noch mit dem Asphalt festgebacken war. Was einer der Streifenbeamten – Polizeianwärter Kevin Häfelein – just in diesem Moment austestete. Er versuchte, die Hand einer jungen Frau zu lösen, konnte aber nur den Ballen anheben, nicht die Finger. Als er das Motorengeräusch hörte, sah er auf.

»Was zum Teufel?!«

Garstig war mit den genauen Ausmaßen seines neuen SUV noch nicht wirklich vertraut, aber das sah er doch auf einen Blick, dass er an diesen Spinnern vorbeikam, wenn er einfach seitlich aufs schmale Grün ausscherte. So weit es eben ging, ohne die Absperrung zu touchieren. Und wenn er dabei einem dieser jungen, woken Alles-Verneiner über den Fuß fuhr, auch egal. Seine Anwälte waren Kummer gewöhnt und würden ihn schon raushauen. Notfalls würde er behaupten, sein Therapeut hätte ihm versehentlich Aufputsch- statt Beruhigungsmittel verschrieben. Entsprechende Zeugen ließen sich immer kaufen.

Aber die Füße der Aktivisten hatten Glück – Garstigs SUV passte millimetergenau zwischen Sohle und Absperrung.

»Umweltschwein!«, rief eine der Klimakleberinnen. Sie trug eine regenbogenfarbenbunte Regenjacke und schwenkte das handgemalte Schild in ihrer Hand – Klimawandel: Es ist nicht fünf vor zwölf, es ist fünf nach zwölf! Die Dinos dachten auch, sie hätten noch Zeit! »Das wirst du bereuen!«

Polizeianwärter Häfelein notierte sich das Kennzeichen des SUV. *Das wird Folgen haben*, dachte er bei sich. Aber als die Anzeige wegen Verkehrsgefährdung einige Tage später an Garstigs erstem Wohnsitz eintraf, war der längst tot.

So weit war es jetzt aber noch nicht. Garstig fühlte sich nie lebendiger, als wenn er etwas Verbotenes tun konnte.

Mit einem triumphierenden »Ha!« brauste er über die Keitumer Chaussee. Werktags in der Nebensaison konnte man tatsächlich Glück haben und relativ schleunig fahren. Zumal wenn man es nicht ganz genau nahm mit der Straßenverkehrsordnung.

»*Kampen, here I come!*«, sang Garstig. In der Stimmlage Bassbariton.

Er freute sich weniger auf Kampen als auf das, was dort auf ihn wartete. Seine beiden Lieblingshobbys – die zwei großen G: Golfen und Geschlechtsverkehr. Wann immer er auf Sylt war, frönte er beidem leidenschaftlich.

Mit einem Handicap von -36 war Garstig ein guter Golfer. Und auch seine Bettgespielinnen gaben ihm exzellente Bewertungen in Sachen Kunstfertigkeit und Ausdauer. Ersteres zählte für ihn mehr, weil er dafür wirklich Leistung bringen musste. Golfen war teuer, aber nicht käuflich. Im Gegensatz zu Frauen.

Auf Sylt hielt er sich seine Zweitfrau Vana. Nicht jünger oder hübscher als seine Hauptfrau Nessi, aber deutlich abenteuerlustiger in der Horizontalen.

Natürlich konnte sich nicht einmal ein Multimillionär wie Garstig offiziell zwei Frauen halten. Aber inoffiziell ging das schon. Er hatte eine Hauptfrau in Hamburg für alle Anlässe rund um seinen Auftritt als Unternehmer und eine Nebenfrau auf Sylt für ihn als Mann. Und der große Vorteil: Beide hießen Vanessa. Das machte es deutlich einfacher als früher, wo er all seine Gespielinnen einfach »Schatzi« nennen musste, um jedweden Lapsus zu vermeiden. Aus irgendeinem Grund reagierten Frauen megaempfindlich, wenn man sie beim Koitus mit dem falschen Namen bedachte.

Die Nessi in Hamburg zickte in letzter Zeit, das taten Frauen nach dem dreißigsten Lebensjahr oft. War zumindest Garstigs Erfahrung, weshalb er auch gut verstand, warum Leonardo di Caprio es gar nicht erst so weit kommen ließ und der Filmstar seine Freundinnen bereits mit 25 in Rente schickte.

Seit fast zwei Wochen war Garstig bei Nessi nicht mehr zum Zug gekommen. Darum war er jetzt so richtig rattig. Gut, dass er sich zwei Tage freinehmen konnte, um sich mit Vana mal wieder so richtig auszutoben. Ein bisschen Cardio war echt nötig.

Golfen würde voraussichtlich nicht möglich sein.

Garstig hob den Blick kritisch zum Himmel, der zunehmend eingraute.

Trotz Nebensaison war die L24 wie immer voll. Er kam kaum schneller voran als der Bus. Das nervte.

Nach zwei gewagten Überholmanövern – sollte er den Lappen verlieren, würde er sich eben wieder mal einen Temporär-Chauffeur leisten – fuhr er in Kampen ein.

Er bog erst rechts und dann links ab und rollte anschließend auf die von Kugel-Eiben gesäumte Auffahrt zu seiner Reetdachvilla. Für zehn Millionen kein Schnäppchen, aber dafür mit einem Haupt- und einem Nebenhaus sowie einem Indoorpool mit griechischen Säulen. Ursprünglich hatte er für sein Gespielinnen-Wochenendhaus auf der Insel nicht so tief in die Tasche greifen wollen, aber die Immobilienpreise in Kampen schraubten sich ungebremst immer weiter in die Höhe. Die Eingeborenen – wie Garstig sie zu nennen pflegte –, die schon vor Jahrzehnten ihr Elternhaus für sechsstellige Beträge an Schickimicki-Interessenten verschachert hatten, bissen sich jetzt bestimmt vergrätzt in den Allerwertesten. Er freute sich über diese Vorstellung. Wenn das so weiterging, konnte er das Anwesen in ein, zwei Jahren mit sattem Gewinn wieder veräußern. Bis dahin hatte er dann zweifelsohne auch genug von Vana.

Links von ihm wohnte ein bekannter Fußballtrainer, rechts ein umstrittener Fernsehmoderator und gegenüber ein in die Jahre gekommener Schlagersänger. Die waren allesamt so gut wie nie da und vermieteten auch nicht. Garstig gefiel es, quasi für sich zu sein.

Er stellte den Wagen in dem ebenfalls reetbedachten Carport ab, schnappte seine Reisetasche und drückte auf den Knopf, der die Kofferraumtür aufgleiten ließ. Die Golfschläger würde er gleich holen. Erst drängte es ihn in die Fliesenabteilung.

Zügig schritt er zum Haupteingang.

»Vana-Baby«, rief er in der Lobby und ließ die Tasche mit lautem Knall auf den italienischen Marmorboden fallen. »Ich bin da-a!«

Gleich rechts neben dem Eingang befand sich eine der vier Gästetoiletten. Garstig erleichterte sich. Die Hände wusch er sich natürlich nicht.

»Vana!«, rief er, als er wieder in den Flur trat.

Dann fiel ihm ein, dass er ihr zwar bei seiner Abfahrt in Hamburg eine Textnachricht geschickt, sie aber darauf nicht geantwortet hatte.

Vanessa zwo half – wenn er nicht auf Sylt war – gelegentlich in einer hippen Designer-Boutique in Westerland aus. Sie hatten aber fest ausgemacht, dass sie sofort alles stehen und liegen ließ, sobald er sich ankündigte.

In Garstig wallte erneut Frust auf.

»Vana!«, rief er und lief die große Freitreppe in den ersten Stock hinauf. Nein, im Schlafzimmer war sie auch nicht. Manchmal erwartete sie ihn auf dem übergroßen Bett liegend. In der teuren französischen Unterwäsche, die er so an ihr liebte. An ihr – und an sich. Manchmal schlüpfte er auch hinein. Danach mussten die Sachen allerdings entsorgt werden, weil französische Designer-dessous nicht aus Stretch-Material gefertigt waren und folglich an seinem stattlichen Männerkörper aus den Nähten platzten.

Er sah auf sein Handy. Dutzende Textnachrichten, aber alle geschäftlich, keine von ihr.

Er rief in der Boutique an.

»Ist Vanessa da?«, blökte er, als sich eine zarte Frauenstimme meldete.

»Äh … wer spricht denn da?«

»Ich will nur wissen, ob Vanessa heute arbeitet.« Für zwischenmenschliche Höflichkeiten fehlte Garstig die Geduld.

»Nein. Sie hat heute frei.«

Garstig beendete die Verbindung. Wenn sie frei hatte, dann musste sie hier sein.

»VANA, VERDAMMT!«

Festangestelltes Personal hielt er sich hier nicht. Jeden zweiten Morgen kam eine Putzfrau, die die Villa von oben bis unten durchfeudelte. Und draußen patrouillierten stündlich zwei Männer einer Sicherheitsfirma über das Grundstück. Garstig fand, das war genug.

Er stammte aus einfachsten Verhältnissen und hatte sich zum Multimillionär hochgeboxt. Er fürchtete weder Tod noch Teufel, nur eines: irgendwann wieder arm zu sein. Das hatte eine gewisse Knausrigkeit zur Folge. Womit er seinen Reichtum nach außen hin deutlich demonstrieren konnte, dafür ließ er immer Geld springen. Aber zu Hause mussten seine Vanessas selbst anpacken: kochen, spülen, Wäsche waschen, bügeln. Das Haus und sich selbst in Schuss halten, das war deren Aufgabe.

»Vanessa!«

Garstig stapfte die Treppe wieder nach unten.

Auf der vorletzten Stufe hörte er es. Ein Plätschern. Ein großflächiges Plätschern. Es kam vom Pool.

Die Villa hatte sechs Schlafzimmer – vier im Haupthaus und zwei im Nebenhaus. Verbunden waren die Häuser von einem nachträglich angeflanschten, gläsernen Zwischenbereich, in dem sich der Pool befand. Garstigs bester Freund, Honorarkonsul Hans-Herwig von Dölpen, hatte die Installation scherzhaft als ›Wintergarten mit säulenumrahmter Pfütze‹ bezeichnet. Danach hatte Garstig ihm sechs Monate lang keine seiner zehn Dauerkarten für die Hamburger Elphi in 1-a-Sitzlage überlassen.

»Vana?« Die Glastür zum Poolbereich stand weit offen.

Es war aber niemand zu sehen. Weder Vana noch die Putzfrau. Und auch niemand von der Securityfirma, die ohnehin nur das Anwesen, nicht das Innere des Hauses bewachen sollte.

Garstig schürzte unzufrieden die Lippen und kratzte sich im Schritt.

Er ahnte nicht, dass soeben seine letzte Lebensminute angebrochen war. Die Unzufriedenheit war somit ein Charakter-Manko, keine angemessene Reaktion auf eine zufriedenheitsraubende Gesamtsituation. Garstig war einfach gern unzufrieden.

Gern unzufrieden und garstig. Das hätte auf seinen Grabstein gemeißelt gehört, nicht das *Robert Garstig – Er bleibt unvergessen*, das seine Anwaltskanzlei nach seinem

Ableben bei einem Steinmetz in Auftrag gab. Inhaltlich war das korrekt, Garstig würde allen, die je in Kontakt mit ihm gekommen waren, in Erinnerung bleiben – nur halt nicht positiv.

Niemand vergoss auch nur eine Träne um ihn.

Womöglich hätte Garstigs Mutter geweint, aber die war schon lange tot. Vana und Nessi weinten selbstverständlich ein paar Krokodilstränen, aber das war allein dem Umstand geschuldet, dass sie nicht in Garstigs Testament vorkamen und ihr Luxusleben mit seinem Abgang ein Ende hatte. Und da Garstig nicht mal einen Hund hatte, war wirklich niemand traurig angesichts seines Dahinscheidens.

Das nicht freiwillig erfolgte.

Er hörte ein Rascheln und drehte sich um.

»Hallo?«, brummte Garstig. Er hätte die Haustür schließen sollen, dachte er, aber hier in Kampen fühlte man sich sicher. Es gab ja überall Überwachungskameras und Security-Leute, die ihre Runden drehten.

Darum war Garstig auch kein bisschen besorgt. Nur angefressen. Weil man fremde Häuser nicht betrat, ohne sich irgendwie anzukündigen.

»Hallo? Ist da wer?«, bellte er ungnädig.

In diesem Augenblick wurde seine Aufmerksamkeit jedoch abgelenkt. Aus den Augenwinkeln nahm er durch die riesigen Panoramascheiben des Poolbereichs draußen auf der Straße eine Bewegung wahr. Etwas Blau-Weißes radelte vorbei. Es war das Letzte, was Garstig in diesem Leben sah. Er dachte noch, dass die Villa dringend eine mannshohe Hecke benötigte, da wurde auch schon seine Schläfe mit einem wuchtigen Schlag zerschmettert.

Hirnmasse quoll heraus.

Garstigs Garaus erfolgte durch einen Golfschläger.

Einer seiner neuen Luxus-Golfschläger in Racing Green. Genauer gesagt, das Dreier-Eisen mit hochmoderner Impact-Technologie.

Passte eigentlich ganz gut.

Hätte Garstig bestimmt gedacht, wenn er da noch hätte denken können.

Unwetterwarnung des Deutschen Wetterdienstes: Warnstufe 1, Gelb

Mit Gewitter, Starkregen und Windböen muss gerechnet werden.

Kapitel 2

Fred flutscht in die Fluten,
Mia motzt gegen die Möwen an.

»*Bicycle, bicycle, bicycle, domm domm domm domm domm domm domm domm*«, sang Fred, fröhlich radelnd.

Den Text zum Queen-Song hatte er nicht memoriert, sehr wohl aber die Melodie. Wann immer er – meist gegen Mittag, manchmal später, nie früher – aus süßem Schlummer erwachte und in seinen maßgefertigten, blauweiß gestreiften, viktorianischen Schwimmanzug für Herren schlüpfte, um an den Strand zu radeln und dort sein Morgenbad zu nehmen, diente ihm dieser Oldie-Hit als Tempo- und Stimmungsmacher.

Frederick Ragnar Mencksen der Fünfte, von allen nur Fred genannt – außer von seinem Vater, der Frederick zu ihm sagte, und man durfte noch froh sein, dass er das Ragnar weg ließ –, entstammte einer alten Hamburger Hanseatenfamilie. Seit seiner Urgroßmutter Daphne, jüngste Tochter eines US-Stahlmagnaten, deren erkleckliche Mitgift die Familie Mencksen Ende des vorvorigen Jahrhunderts aus einer äußerst prekären Lage rettete, wurden alle männlichen Erstgeborenen Frederick benamst. Nach Daphnes Vater Frederick Augustus Dunfermline. Eigentlich zutiefst unhanseatisch, diese chronologische Aufreihung der Stammhalter. Aber große Vermögen fordern nun mal große Opfer. Auch wenn jetzt schon klar war, dass Fred – sollte er jemals einen Jungen zeugen – diesen niemals Frederick nennen würde. Mit ihm war Schluss! Fünf fand er schon exzessiv – Familien mit Grips hörten bei »der Dritte« auf. Sie produzierten doch keine Päpste.

Prekär war es für Freds Familie seitdem nie mehr geworden. Im Gegenteil. Wenn Hanseaten über Geld reden würden, was sie nicht taten, würde manch einer angesichts des Reichtums der Mencksens mit den Ohren schlackern. Ihr Geschick in kommerziellen Dingen war legendär. Nur in eingeweihten Kreisen, versteht sich, nicht in der Öffentlichkeit. Auf der Liste der zehn wohlhabendsten Deutschen tauchte der Name Mencksen nicht auf. Absichtlich nicht.

Fred war seit hundert Jahren der Erste, dessen Interesse an allem Wirtschaftlichen gegen null ging. Kleiner gleich null, um genau zu sein. Eigentlich im dreistelligen Minusbereich. Und das, obwohl er seine Kindheit und Jugend – nach dem frühen Tod der Mutter – erst in einem süddeutschen Elite-Internat und später an einer elitären Finishing School in Gstaad verbracht und noch später, auf Wunsch des Vaters, an Elite-Universitäten im In- und Ausland Betriebswirtschaft und Finanzmanagement studiert hatte. Sogar mit Abschluss. Damit sah Fred allerdings seine Pflicht gegenüber der Familie als abgegolten. Zumal die Dynastie der Mencksens dank seines jüngeren Bruders Andreas nicht vor dem Ende stand: Dreas war gerade mal 25, hatte aber schon drei Firmen gegründet und einen Sohn gezeugt.

Ganz anders Fred. Ab dem Tag, als er sein Graduiertenkäppi der Uni Harvard zusammen mit Dutzenden anderer privilegierter Jungakademiker in die Luft warf, hatte Fred nur noch ein Ziel: sich treiben zu lassen. Er besaß keinen einzigen Funken Ehrgeiz. Am Leben zu sein reichte ihm schon. Wenn dazu noch eine Prise Exzentrik und Verrücktheit kam, umso besser.

Es half, dass er sich um Geld keine Sorgen machen musste. Dafür sorgte das Erbe seiner Mutter, über das er seit seinem 18. Lebensjahr verfügen konnte.

Und so kam es, dass er nun mit nicht ganz dreißig in einem maßgeschneiderten viktorianischen Badeanzug durch den Tag radeln konnte. Sorgenfrei und fröhlich.

»Moin!«, rief Fred dem Postboten zu und wackelte unter seiner Taucherbrille mit den Augenbrauen.

»Moin!«, rief der Postbote zurück. Und winkte. Alle mochten den stets gut gelaunten Fred.

Und alle hielten ihn für ein bisschen Banane.

Weil das nämlich nicht normal war, immer gute Laune zu haben. Und man auf Nordseeinseln für gewöhnlich nicht in lila Samtanzügen mit gelber Rüschenbluse herumlief wie die späten Beatles oder der frühe Austin Powers. Auch nicht in Ganzkörperbadebekleidung wie Kaiser Wilhelm anno dunnemals. Darum das einhellige Urteil der Einheimischen über Fred: sympathisch, aber schräg.

Dabei war die ungewöhnliche Art, sich zu kleiden, eine reine Schutzmaßnahme. Fred litt nämlich unter einem genetischen Defekt, wie er morgens zu scherzen pflegte, wenn er beim Rasieren vor dem Spiegel Selbstgespräche führte. Wo niemand außer ihm es hören könnte. Es hätte ihn nämlich niemand verstanden.

Was er als Nachteil erachtete, hätte die meisten anderen gern gehabt. Vollkommene Schönheit. Ein perfekt symmetrisches Gesicht, ein durchtrainierter Körper, lange, blonde Surferhaare, gletscherblaue Augen. Fred hatte es immer als Nachteil empfunden, so auszusehen. Weil die Leute gemeinhin große Schönheit zwar goutierten, aber insgeheim auch beneideten. Was sie übertrieben freundlich oder alternativ übertrieben unfreundlich zu machen pflegte.

Wenn er jedoch, so wie in diesem Moment, längst veraltete Badebekleidung trug, seine Augen hinter einer Taucherbrille versteckte und die Haare unter einer mit Pril-Blumen verzierten Damenbadekappe, dann war das Eis gebrochen. Die Leute mochten den Kopf über ihn schütteln, aber sie behandelten ihn wie ihren durchgeknallten Cousin Claas, nicht wie eine Laune der Natur.

»Wenn er sich mal ordentlich anziehen würde, wäre er ein hübscher Kerl«, pflegte die Bäckerin gern den Kundinnen zuzuraunen, wenn er sich am frühen Nachmittag seine Frühstücksbrötchen bei ihr abholte – oder Rundstücke, wie man hier zu sagen pflegte. Und dann nickten alle zustimmend.

Jetzt bog Fred in den schmalen Weg, der zur Buhne 16 führte.

Dem Wetter geschuldet, war so gut wie niemand unterwegs. Der Himmel wirkte wenig einladend. Mehr so bedrohlich. Nur eine Frau und ihr Dackel trotzten der Brise.

Fred radelte winkend vorbei.

Hund und Frauchen reagierten nicht. Beide hielten die Köpfe gesenkt. Der Feuchtigkeitsgehalt des Windes nahm zu. Wer nicht von der Insel stammte, würde es Regen nennen. Regen, der nicht wie andernorts von oben kam, sondern von vorn.

Fred störte das nicht. Auch nicht, dass die Regentropfen wie kleine Eisdolche in seine Haut stachen. Ganz offensichtlich kamen die Regenwolken, die sich hier ergossen, vom Polarmeer.

Egal. Fred war nicht hier, um in der Sonne zu chillaxen. Oder um an diesem Hotspot der Reichen und Schönen dem ausgelassenen Partyleben zu frönen, das Leute wie Gunter Sachs und Brigitte Bardot berühmt gemacht hatten.

Er war hier, weil Sylt für ihn eine einzige große Ladestation verkörperte, die seinen Akku immer zu hundert Prozent aufgeladen hielt.

Das kleine, reetgedeckte Hexenhäuschen, das seine Mutter ihm hinterlassen hatte – und für das ihm schon Unsummen geboten worden waren –, war sein Paradies. Seine Zuflucht vor einer Welt, die immer mehr aus dem Ruder zu laufen schien. Zuflucht – und ja, auch eskapistischer Unterschlupf. Er tat nichts lieber, als im Garten vor seinem Häuschen zu sitzen und zu lesen. Oder im Winter drinnen vor dem flackernden Kaminfeuer. Fred hielt sich für bescheiden und bodenständig. Das war sein einziger Fehler. Nicht wirklich einschätzen zu können, wie abgehoben und singulär sein Dasein ohne finanzielle Kümmernisse wirklich war.

»Junge, du musst deinen Beitrag dafür leisten, dass die Welt ein besserer Ort wird!«, mahnte ihn sein Vater bei den seltenen Kontaktaufnahmen.

Aber tief in seinem Inneren glaubte Fred nicht, dass er etwas bewegen, etwas bedeuten könnte. Was küchenpsychologisch gedeutet sicher daran lag, dass ihn sein Vater als frischgebackener Witwer schon als Knirps entsorgt und in ein Internat gesteckt hatte. Klar, das hätte auch anders ausgehen können. Fred kannte das von einigen ehemaligen Klassenkameraden, die schon jetzt – mit um die dreißig – dem Weltgeschehen ihre Fußspuren aufdrückten. Um allen zu beweisen, wie wichtig und bedeutend sie waren.

Fred zelebrierte viel lieber den Rückzug. Ihm genügte das als Lebenszweck.

What a tremendous opportunity it is, just to be alive, soll Katherine Hepburn einmal gesagt haben. Sie sprach damit Fred, der da noch gar nicht geboren war, aus der Seele.

Immerhin erachtete es Fred als echtes Geschenk, seinem Lebensmotto hier auf Sylt vollumfänglich huldigen zu können. Er kannte weltweit viele Inseln vergleichbarer Größe, aber mit Sylt konnte es keine aufnehmen. Seine Meinung.

Morgens auf seiner Lieblingsinsel aufzuwachen war das pure Vergnügen. Er fühlte sich jedes Mal, wenn er die Augen aufschlug, in gespannter Erwartung dessen, was kommen mochte. Wenn man keine Ahnung hatte, was einen erwartete, dann fühlte man sich doch gleich viel lebendiger, energiegeladener, vorfreudiger. Und was immer ihm die Schicksalsgöttinnen – absichtlich, wie er glaubte – vor die Füße spülten, damit beschäftigte er sich voller Neugier und Interesse. Zu hundert Prozent und mit ganzem Körpereinsatz. Vierundzwanzig Stunden lang. Bis zum nächsten Tag und zum nächsten Abenteuer.

An diesem Tag würden sie ihm eine Frau vor die Füße spülen. Und eine Handvoll Leichen. Aber das wusste er noch nicht.

Fred stellte seinen braven Drahtesel – ein altes Göricke-Modell mit unzähligen Kilometern auf den Felgen, mithin ein echtes Sammlerstück – auf dem Fahrradparkplatz ab. Von hier ging es durch die Düne zum Strand.

Die Buhne 16 war geschlossen. Fred, der nie *Antenne Sylt* hörte und keine Wetter-App auf sein Handy geladen hatte, wunderte sich. In der Saison war's hier eigentlich immer knackevoll. Bester Kuchen, bester Kaffee, nettes Team und viel Historie. Daran änderte auch schlechtes Wetter nichts. Was Fred in seiner Ein-Mann-Verweigerung der Informationsgesellschaft noch nicht wusste: Bei schlechtem Wetter würde es nicht bleiben. Da braute sich was zusammen!

Fred schritt zügig voran. Der Strand war leer. In weiter Ferne, am anderen Ende des Hundestrands, tobten ein paar Vierbeiner, während die dazugehörigen Zweibeiner, dem Regen trotzend, eng an eng hinterherwackelten.

Fred warf sein Handtuch in den nassen Sand, ohne stehen zu bleiben. Wer stehen blieb, hatte Gelegenheit, seine Entscheidung zu überdenken. Immer ein Fehler, wenn man sich bei kühlen Temperaturen in die Nordsee stürzen wollte.

Lange vor Wim Hof und Wigald Boning hatte Fred das Freiluftbaden schätzen gelernt. Für ihn gehörte es jeden Morgen dazu. An so ungemütlichen Tagen wie heute bestand das Geheimnis darin, robotergleich einfach hineinzumarschieren. Zack, eintauchen, fertig.

Aber bitte, Kinder, nicht nachmachen! Fred war ein erfahrener Schwimmer und wusste um die Brandungsströmungen. Rip Current, Longshore Current, Trecker. Die unvorhersehbar sein und auch erfahrene Schwimmer mitreißen konnten. Das Meer ist kein Freibad-Becken. Man schwimmt nur da, wo Rettungsschwimmer sind. Basta. Dummerweise hatte Fred während seines Studiums in den Semesterferien als Rettungsschwimmer gejobbt, daher hielt er sich für mehr als erfahren. Quasi für unsinkbar wie die *Titanic*. Hochmut kommt jedoch vor dem Fall. Allerdings ist das eine andere Geschichte.

Über den Himmel schoben sich bedrohliche Wolkenformationen, aber die See war erstaunlich ruhig. Natürlich alles andere als ententümpelruhig, aber doch gut beherrschbar. Und auch nicht so kalt, wie man denken könnte.

Fred schwamm so weit hinaus, wie er es aus langjähriger Erfahrung für unbedenklich hielt.

Eine Möwe, die wie eine Boje vor ihm dümpelte und ihn kritisch betrachtete, bevor sie sich kreischend in die Luft erhob, zeigte ihm für heute an, dass es genug war.

Als er sich umdrehte, merkte er, dass er doch deutlich weiter geschwommen war als sonst.

Kein Problem. Er hatte noch genug Ausdauer und Körperwärme für den Rückweg.

Fred wollte keine Geschwindigkeitsrekorde brechen. Sein Tempo war gemächlich. Das schlug sich natürlich in der Zeit nieder, die er im Wasser verbrachte.

Als er wie Halle Berry in *Stirb an einem anderen Tag* oder eher wie Daniel Craig in *Casino Royale* schaumgebadet aus den Fluten auftauchte und zu seinem Handtuch ging, dachte er, dass es im Meer deutlich angenehmer war als am Strand, weil der Regen arktisch-kalt auf die Haut zu prasseln schien. Und da merkte er, dass er nicht mehr allein in diesem Strandabschnitt war.

Zwei Frauen standen vor dem mit Holzplatten ausgelegten Zugang zur Düne und schienen zu streiten. Zumindest fuchtelte eine wie wild mit den Armen, während ihr Gegenüber die Arme in demonstrativ defensiver Abwehrhaltung verschränkt vor den Körper hielt. Sie waren so mit sich beschäftigt, dass sie ihn nicht bemerkten.

»Was … nur … dir los?«, hörte er bruchstückhaft die Stimme der Fuchtelnden.

Die Defensive schrie weiter armverschränkt: »Ich … jetzt!«

Das Rauschen der Wellen und die Schreie der Möwen ließen Fred auch im Näherkommen nicht wirklich verstehen, was sich die beiden an die Köpfe warfen.

Erst als er schon fast vor ihnen stand, hörte er deutlich die Worte: »Du willst mich einfach nicht verstehen!«

Geäußert von der Defensiven, die in einer knallbunten Regenjacke steckte. Sie hatte die Kapuze hochgezogen, aber Fred kam sie sehr jung vor. Und enorm aufgeregt. Oder nervös. Aber auf jeden Fall bockig.

»Warum hast du mich dann hierherbestellt, wenn du nicht reden willst?«, fragte die andere, die jetzt ausgefuchtelt hatte. Sie trug einen textilgewordenen Dopamin-Boost: ein leuchtend neongelbes Hemdblusenkleid, für das man eigentlich eine Sonnenbrille brauchte. Und darüber nichts weiter als eine ebenfalls gelbe, aber signifikant weniger leuchtende Strickjacke. Entweder hatte sie das Haus verlassen, bevor der Regen einsetzte, oder sie war einfach …

Fred konnte den Gedanken nicht zu Ende führen.

In diesem Augenblick bemerkte ihn die Frau nämlich und sah ihn aus samtbraunen Augen an.

Die Zeit blieb stehen.

Der lineare Strich des Raum-Zeit-Kontinuums hielt an und wurde zu einem Raum-Zeit-Punkt.

Fred war schlagartig verliebt. Was ihm so aber nicht klar war. Wenn er überhaupt etwas dachte, dann, dass es schon ein paar Monate her war, seit er mit Chantalle in Marokko gemeinsam auf einem Kamel gesessen hatte und durch die Wüste zu einer Oase geritten war. Nicht als

Anspielung gemeint. Buchstäblich. Er hatte im Urlaub das Model – das aus Dresden stammte, daher galt für Chantalle die sächsische Betonung – an seiner Hotelbar kennengelernt und drei zauberhafte Wochen mit ihr verlebt. Seitdem herrschte in der Horizontalen allerdings Dürre.

In der Hemdblusenfrau sah er jetzt – seiner Meinung nach – eine mögliche Oase.

Wer aussah wie Fred und Fred der Fünfte hieß und so ein Leben führte wie Fred, der hatte natürlich keinen Mangel an potenziellen Partnerinnen. Fred war auch ein-, zweimal schwer verliebt gewesen. Mit dreizehn. Seitdem nicht mehr. Es gab nur sehr temporäre Lebensabschnittsgefährtinnen.

Interessanterweise spielte das Aussehen für ihn eine sekundäre Rolle. War ein netter Bonus, mehr nicht. Er wollte sich unterhalten können. Über Gott und die Welt, über Bücher und Filme und das richtige Pesto für die Pasta. Reden war ihm wichtig. Aber Liebe auf den ersten Blick? Unvorstellbar für ihn.

Selbst in diesem Moment. Als Betroffener.

Endlich lief die Zeit weiter. Doch der Regen prasselte nicht mehr, er strich sanft über Freds Haut. Der Wind schmeckte süß, und die Möwen kreischten nicht, sie sangen. Lerchengleich. Möglicherweise grinste er in diesem Moment dümmlich.

Allerdings wurde ihm überdeutlich bewusst, dass sein viktorianischer Herrenbadeanzug aus einem fair gehandelten Baumwollgemisch in feuchtem Zustand suboptimal war – hinten fraß die Ritze den Stoff und vorn war ersichtlich, dass er Linksträger war. Fred setzte zackig die Taucherbrille ab und hielt sie sich mit der rechten Hand vors Gemächt, während die linke dem Badehosenfraß am verlängerten Rücken entgegenwirkte.

»Hallo«, sagte er. Im Tenor. Dabei war er sonst Bariton.

Er wagte einen neuen Versuch. »Hallo.« Schon besser.

Die jüngere Frau, die in der Regenjacke, bemerkte ihn in ihrer Erregung erst jetzt. Sie schrak zusammen und schien tatsächlich bleich zu werden. »Scheiße!«, fluchte sie. Dann warf sie beide Arme in die Luft. »Ich halt's nicht mehr aus! Hat man denn nirgends seine Ruhe?!«

Sie lief davon.

»Pia, jetzt warte doch mal!«, rief ihr die Frau im Hemdblusenkleid hinterher, aber vergeblich. Sie drehte sich zu Fred um und runzelte ärgerlich die Stirn. Als ob er an allem schuld war. Was immer dieses ›alles‹ sein mochte.

Der obere Teil ihres Kleides war von der Strickjacke bedeckt, aber der untere Teil klebte ihr feucht an den Beinen. Verdammt gut aussehende Beine. Fand Fred.

»Meine Augen sind hier oben!«, mahnte sie streng.

Fred hob rasch den Blick. So kannte er sich gar nicht. Er war ein moderner Mann, kein lüsterner Sack. Er schaute Frauen immer in die Augen! Nur bei ihr fiel ihm das gerade verdammt schwer.

»'tschuldigung.« Sonst war seine Gesprächsführung geistreicher, aber momentan war er schon froh, nicht mehr im Kleinmädchensopran zu sprechen. »Ich wollte

Sie echt nicht erschrecken. Ich habe im Meer gebadet.«
Eine eindeutig unnötige Erklärung des Offensichtlichen.
»Jetzt bin ich fertig. Und mein Rad steht auf dem Park-
platz.«

Die Frau atmete hörbar aus. »Schon gut. Ich bin einfach genervt. Ich weiß auch nicht, was mit meiner Schwester ist, sie …« Ihr schien aufzufallen, dass sie kurz davor stand, einem völlig Fremden intime Familiendetails
zu offenbaren. Sie verstummte. »Wie auch immer, einen
schönen Tag noch!«

Fred schluckte schwer.

Das engelsgleiche Geschöpf im sonnigen Hemdblusenkleid, mit dem er spontan den Rest seines Lebens verbringen wollte, drehte sich um und ging in Richtung Kampen.

Fred sah ihr nach. Wie benommen. Das war natürlich
nur ein Hormonrausch, sagte er sich, Gefühle hatten damit nichts zu tun. Irgendetwas an ihr triggerte seinen
Paarungswunsch, davon war sein Kopf immer noch fel-
senfest überzeugt. Nur seinem Bauch und den Schmet-
terlingen darin schien das nicht klar zu sein. Die über-
legten schon Namen für die gemeinsamen Kinder.

Rasch lief er ihr nach.

»Ich bin Fred«, stellte er sich vor, als er sie eingeholt
hatte.

Sie sah ihn aus den Augenwinkeln an. Schien abzuschätzen, ob er nur kommunikativ war – oder ein auf-
dringlicher Irrer, der sie gleich in den Dünensand zwischen Krähenbeeren und Besenheide ziehen würde.

»Mia«, sagte sie und zog die Enden ihrer Strickjacke enger um sich. Nicht als Abwehrhaltung, sondern wetterbedingt.

Wind und Regen nahmen deutlich zu. Wenn Mia und Fred sich umgedreht hätten, hätten sie die dunkle Sturmfront gesehen, die sich wie eine Wand hinter ihnen über der Nordsee auftürmte.

»Mia?«, wiederholte Fred und stutzte. »Und deine Schwester heißt Pia?«

Mia verzog das Gesicht zu einem routinierten Grinsen. Dieser Ungläubigkeit begegnete sie sichtlich nicht zum ersten Mal.

»Ja genau, ich bin Mia und sie ist Pia. Es gibt auch noch eine Kia.«

»Echt jetzt?« Fred lachte auf. Dann riss er sich zusammen, weil Mia nicht mitlachte. Womöglich war das ein wunder Punkt.

»Echt. Mia, Pia und Kia. Kurzform von Kiara, nicht nach dem Auto benannt«, erklärte sie.

»Sehr hübsch«, log Fred. Er war der Letzte, der sich über Namen lustig machen sollte.

»Wir haben auch einen Bruder.« Mia zwinkerte Fred zu.

Freds Augenbrauen schossen in die Höhe. Welcher Jungenname reimte sich auf Mia, Pia und Kia?

»Er heißt Roland. Meine Eltern mögen eigenartig sein, verrückt sind sie nicht.« Mia grinste. Fred grinste mit.

Der Wind versuchte, den Saum ihres Hemdblusenkleides nach oben zu wirbeln. Sie strich ihn wieder zurück.

»Bist du zu Fuß hier?«, fragte Fred.

Zwischenzeitlich hatten sie den Parkplatz erreicht, und da dort nichts weiter zu sehen war als Freds Fahrrad, hatte er sich schon wieder der Blindheit gegenüber dem Offenkundigen schuldig gemacht. Was war nur mit ihm los?

Mia schaute in die Ferne, wo man Pia in Richtung Kampen stapfen sah. »Ich bin mit dem Bus aus Westerland gekommen«, sagte sie.

In diesem Moment wurde aus dem zwar arktisch-kalten, aber doch recht betulichen Sommerregen jählings ein heftiger Regenguss. Als ob Petrus nicht nur einen Eimer, sondern eine ganze Badewanne voller Wasser über Mia ausgießen wollte, um ihr zu zeigen, wie fahrlässig es gewesen war, nur in Kleid und Strickjacke das Haus zu verlassen. Noch dazu in Sommersonnengelb. Eine echte Aufforderung zum Duell für jeden Wettergott, der etwas auf sich hielt.

»Scheiße!«, kreischte Mia undamenhaft.

»Ich wohne in Kampen«, rief Fred über das Prasseln hinweg. »Schwing dich auf mein Rad und komm mit mir ins Trockene.«

Wenn zwei sich ein Rad teilten, das vom Erfinder nicht als Tandem gedacht worden war, dann verknüpften sich damit immer Probleme. Das Gleichgewicht zu halten, war nur eins davon.

Aber Fred fühlte sich wie im siebten Himmel, während er mit Mia unsicher über den schmalen Weg nach Kampen rollte. Als Filmfan dachte er natürlich an die Szene aus *Butch Cassidy and the Sundance Kid*, in der

Paul Newman mit Katharine Ross zum Song von Burt Bacharach über den Bildschirm radelte.

»*Raindrops are falling on my head …*«, sang er. Wie für jeden Song galt auch hier: Fred konnte nicht mehr als die erste Zeile des Refrains.

Aber zum ersten Mal in seinem Leben ertönte es hinter ihm auf dem Gepäckträger: »*… but that doesn't mean my eyes will soon be turning red, crying's not for me …*«

Wer behauptet, er möge keine Musicals, weil es total unrealistisch sei, im wahren Leben plötzlich in Gesang und Tanz auszubrechen, ist im wahren Leben einfach noch nie mit den richtigen Leuten zusammen gewesen. Sämtliche Restzweifel, ob Mia wirklich seine Seelenverwandte war, lösten sich in Fred auf.

Allerdings konnte man so verliebt gar nicht sein, um Mias Gesang für schön zu halten. Nicht einmal tausend Pfeile aus dem Köcher von Amor hätten das bewirkt. Immerhin war sie textsicher. Und Fred war hingerissen von der Tatsache, dass sie – wie er – das Leben tanzen konnte. Also, bildlich gesprochen. Auf Gepäckträgern tanzt es sich schlecht. Sie konnte allenfalls mit den Ohrläppchen wippen.

»*… 'cause …*«, fiel er ein, weil ihm bruchstückhaft Textstellen einfielen.

»*… I'm never gonna stop the rain by complaining …*«, jodelte Mia – falsch, aber mit Hingabe.

»*… because I'm free, nothing's worrying me!*«, beendeten sie im Duett.

Durch den Regenvorhang tauchte Kampen auf.

An der Bushaltestelle stieg Pia, erkenntlich an der bunten Regenjacke, gerade in den Linienbus.

»Warum fährt sie denn in Richtung List?«, dachte Mia laut. »Was will sie da? Wir wohnen in Westerland.«

Eine berechtigte Frage, schließlich lag List genau entgegengesetzt.

Fred wusste darauf keine Antwort.

Er radelte schneller, aber sie kamen nicht mehr rechtzeitig an die Straße. Um den Bus zu stoppen. Oder Pia zuzuwinken.

Ob Pia sie gesehen hatte, war unklar.

Fred war dankbar, dass gerade kein Bus nach Westerland kam, sonst hätte Mia den sicher genommen.

Rasch fuhr er weiter. Und Mia war damit beschäftigt, das Gleichgewicht zu halten, während sie immer noch verständnislos dem Bus mit ihrer Schwester nachsah. Was nur so lange ging, bis Fred links in die Ortschaft bog.

Gleich darauf hatten sie sein Hexenhäuschen erreicht.

Fred warf das Rad in den Vorgarten und gab den Code ein, mit dem sich die Eingangstür öffnen ließ. Dann winkte er Mia in den Flur. Ein edler Flur mit Marmorfliesen und einem antiken Garderobenständer.

»Herein in die gute Stube.« Fred hielt ihr die Zimmertür auf.

»Nee, besser nicht. Ich tropfe alles voll.« Mia fand es schon schlimm genug, dass sie seinen Flur einnässte. »Ich rufe mir ein Taxi.«

Sie ließ es sich nicht anmerken, aber Freds Kampener Kleinod beeindruckte sie sehr. Als Tochter eines Verwaltungsangestelltenehepaares aus dem mittleren Dienst kannte sie nur das absolut durchschnittliche Reihenhaus, in dem sie sich die ersten fünfzehn Jahre ihres Lebens ein Zimmer mit ihren Schwestern teilen musste. Mit den Eltern und den Geschwistern hatte sie tatsächlich auch einmal die Schulferien in einem Reetdachhaus in Schleswig-Holstein verbracht, aber das hier war eine völlig andere Liga. Das Mäuerchen aus Findlingen rund ums Grundstück, der von kundiger Hand gepflegte Garten, die harmonischen Wellen, die das Reetdach über dem Klinkerhäuschen schlug. Alles atmete Wohlstand.

Schon als Fred die weiße, kunstvoll geschnitzte Haustür zu dem winzigen Flur geöffnet hatte, sah sie sofort, dass es innen noch hundertmal beeindruckender sein würde. Wer, bitte schön, hatte echte Ölgemälde von seiner verstorbenen Großmutter im Flur hängen anstatt halbwegs unverwackelter Urlaubsfotos mit Oma am Strand von Grömitz? Und dass es sich um seine Großmutter handelte, die ihm das Häuschen vererbt hatte, das hatte er ihr aufgrund ihres »Huch!« erklärt. Das gülden gerahmte Werk nahm die komplette linke Wandseite ein. Wenn man ohne Vorwarnung einem übergroßen, nur bedingt freundlichen Öl-Gesicht gegenüberstand, konnte das schon mal zu einem »Huch!« führen.

»Das Haus ist nicht aus Zucker«, scherzte er jetzt. »Es löst sich nicht auf, wenn es nass wird. Komm rein!«

Die Tür zur ›guten Stube‹ gab den Blick auf Regalwände voller Bücher frei. Die Stube erwies sich als Bibliothek.

»Ich sollte wirklich zurück und mich umziehen.« Sie

zog ihr Handy aus der Hemdblusenbrusttasche. Das Einzige, was dank der Strickjacke an ihr noch trocken war.

»Unsinn«, widersprach Fred. »Ich habe trockene Kleidung zum Wechseln. Du ziehst dich im Bad um, und ich mache uns einen schönen, heißen Tee. Das sind die Basics des Überlebens auf der Insel, wenn man in eine Freiluftdusche geraten ist: immer so schnell wie möglich trockene Klamotten anziehen und einen Pharisäer trinken.«

Er gab ihr keine Chance, das Angebot auszuschlagen, drehte ihr den Rücken zu und lief die schmale Treppe in den oberen Stock hinauf, zwei Stufen auf einmal nehmend. Weil er Angst hatte, sie könnte verduften, wenn er allzu lange brauchte.

Oben stockte er nur ganz kurz. Er nahm nicht oft Freundinnen mit in sein Refugium. Eigentlich nie. Nur einmal hatte er eine Kurzzeitaffäre mit einer Schriftstellerin gehabt, die das Literaturstipendium auf Sylt gewonnen hatte. Aber die hatte nichts bei ihm zurückgelassen als ihren signierten Erstlingsroman.

Fred musste Mia folglich seine eigenen Sachen anbieten. Er hielt beide Hände vor sich, um abzuschätzen, inwieweit Mias Hüften in eine seiner Hosen passen würden. Vermutlich ein unmögliches Unterfangen. Sie hatte berauschend schöne Rundungen, er war ein schmales Brett. Da fiel ihm der Kilt ein, den er auf der Hochzeit einer seiner Cousinen getragen hatte. Die hatte in Edinburgh einen Schotten geehelicht und auf stilvoller Kostümierung bestanden.

»Ich weiß, dass du da bist«, raunte Fred in seinem begehbaren Kleiderschrank. »Komm heraus, wo immer du bist. Ah, wunderbar.«

Zum Kilt mit dem rot-weißen Karo-Muster des Buchanan Clans zog er ein weißes T-Shirt und einen roten Pulli aus dem Regal. Perfekt!

Unten im Flur hoffte Mia, dass sie nicht gleich die Polyester-Kittelschürze seiner toten Oma würde tragen müssen. Wobei ihr natürlich klar war, dass die elegante Frau vom Ölgemälde zweifelsohne nichts anderes getragen hatte als Echtpelz und Brokatkleider. Never ever eine Kittelschürze. Schon gar nicht aus Polyester. In so einer Plastikkittelschürze hätte sie nicht mal tot überm Zaun hängen wollen.

»Hier, das passt dir bestimmt!« Fred kam die Treppe heruntergeeilt. Es freute ihn, Mia, unter der sich eine beachtliche Pfütze gebildet hatte, unverändert an Ort und Stelle wiederzufinden. Einen Moment lang hatte er gefürchtet, sie hätte sich wie eine Chimäre in Luft aufgelöst. »Das Bad ist gleich hier um die Ecke.«

Während Mia sich umzog, hastete Fred wieder nach oben. Er schlüpfte aus seinem nassen Badeanzug und hinein in einen senfgelben Cord-Overall. Mit nichts drunter. Dafür war keine Zeit. Er musste den Tee aufbrühen. Der sollte fertig sein, wenn Mia aus dem Bad kam.

Während das Wasser im altmodischen Kupferkessel an Hitze gewann, deckte Fred den gläsernen Couchtisch in seiner Leseecke mit Sammeltassen ein. Er stellte gerade den Sahnegießer in Kuhform zwischen die Tassen auf das Tablett, als Mia aus dem Bad kam.

44

Der Kilt saß einen Ticken zu eng, dafür schlackerten Shirt und Pulli. Sie strich sich unsicher über die Haare. Wenn die nass wurden, neigten sie zur Frizzeligkeit. »Ich habe meine Sachen zum Trocknen im Badezimmer aufgehängt.«

»Prima.« Fred lächelte nachgerade beseelt. Sie hätte in Lumpen und mit verfilzten Haaren auftauchen können, und er hätte gelächelt.

»Tee kommt gleich«, sagte er und eilte zurück in die Küche, weil der Kessel in diesem Augenblick zu pfeifen anfing.

Mia sah sich in aller Ruhe um. »Das sind ja ... unglaublich viele Bücher!« Sie klang anerkennend. Die Regale zogen sich über alle Wände, auch neben und über den Fenstern. Auf dem Boden stapelten sich Bücherberge. Manche davon gefährlich hoch. Nur das blau-grau gestreifte Biedermeier-Sofa und der Beistelltisch waren unbebucht. Auf Letzterem stellte Fred das Tablett mit Tassen, einer Schale mit Sahne, Kuhsahnegießer, Stövchen und Teekanne ab. »Pharisäer, aber als Tee. Das wärmt von innen«, sagte er. »Der Rum ist in der Kuh.«

»Ich find's toll, wie viele Bücher du hast«, sagte Mia und meinte das auch so. Obwohl sich ihr die Zehennägel kringelten angesichts der Unordnung. Die Bücher folgten keinerlei System – beispielsweise Belletristik und Krimis und Kinderbücher und Sachbücher. Nix. Alles querbeet. Brillat-Savarins *Physiologie des Geschmacks* schubberte sich Buchrücken an Buchrücken an Stephen Kings *Friedhof der Kuscheltiere*, der wiederum mit *Wir Kinder aus Bullerbü* von Astrid Lindgren kuschelte. Und so zog es sich über alle Regalflächen. Nicht einmal ein Anflug von Ordnung. Schlimmer wäre nur noch gewesen, wenn die Bücher nach der Farbe der Buchrücken aufgereiht wären. »Ich kenne niemanden, der auch nur annähernd so viele Bücher besitzt.«

»Kein Wunder, ich bin ja eine Buchhandlung.« Fred schenkte ein.

»Äh … wie bitte?«

Sein Haus hatte kein Schild, keine Tafel, nichts. Und es lag abseits von der Durchgangsstraße. Welcher Lesewillige sollte sich hierher verirren? Und falls er sich hierher verirrte, woher sollte er wissen, dass es hier Bücher gab?

»Das hier ist doch keine Buchhandlung!«, sagte sie demzufolge.

Fred setzte sich neben sie. »Ich bin Quereinsteiger, aber ich bin definitiv Buchhändler. Also, genauer gesagt: Antiquar. Ich verkaufe Bücher, die schon mal geliebt wurden und nun in neue Hände weiterwandern wollen. Und ich habe die Lizenz zum Buchverkauf. Wenn ich draußen im Liegestuhl sitze, wissen die Einheimischen, dass die Buchhandlung geöffnet ist.«

»Und die Touristen?«

»Laufkundschaft interessiert mich nicht.« Er pustete auf seinen heißen Tee.

Mia griff wahllos ein nicht besonders großes, dafür besonders dickes Buch aus dem Regal neben dem Sofa. Ein historisches, in Rindsvelour gebundenes Kirchengesangbuch mit Metallverzierungen und ledernem Lesezeichen aus dem Jahr 1877. Mit Bleistift war der Preis hineingekritzelt.

»Fünf Euro?« Mia klang entsetzt. »Das ist doch bestimmt das Zwanzigfache wert!«

»Ich will keinen Umsatz machen«, erklärte Fred. »Ich mag's einfach nur, wenn ich Menschen kennenlerne, die gern lesen.« Da der Tee noch zu heiß zum Trinken war, trotz Pustattacke, stellte er seine Tasse wieder auf den Couchtisch. Aus der Ritze im Sofa zog er eine Fernbedienung und drückte ein paar Knöpfe. Wie von Zauberhand glitt eine Leinwand vor das Bücherregal zur Rechten, auf der gleich darauf ein prasselndes Kaminfeuer zu sehen und zu hören war.

»So ist es heimeliger«, sagte Fred. »Ein echter Kamin wäre mir zu gefährlich. Weil hier alles aus Holz und Papier und Reet ist.«

»Aber …«, Mia schüttelte den Kopf. Nicht über die Hightech-Ausstattung des Hexenhäuschens, sondern weil sie sich immer noch über die fehlende Wirtschaftlichkeit von Freds Bücherklause wunderte. »… du machst mit deinem Laden nicht nur keinen Gewinn, du machst Verluste, oder?«

Plötzlich schien es ihm wichtig, ihr zu sagen, dass er nicht gänzlich bekloppt war. »Das Gesangbuch ist allenfalls fünfzig Euro wert, und ich hab's bei einer Haushaltsauflösung in einem Koffer mit Dutzenden anderer alter Schinken für zehn Euro erstanden. Ich hätte denen auch echt mehr gegeben, aber da wusste ich noch nicht, was alles im Koffer war.« Fred grinste. »Darum kann ich es für einen Appel und ein Ei anbieten. Und du glaubst gar nicht, wie sehr reiche Leute sich freuen, wenn sie glauben, dass sie dir ein Schnäppchen entreißen konnten. Das ist für mich pures Entertainment.«

Mia stellte das Buch zurück. »Du bist schräg.«

»Danke!« Fred lächelte. Das war für ihn das größte Kompliment. »An mir ist alles absolut authentisch. Ich fühle mich wohl in meiner Haut.«

»Gut so«, meinte Mia. »Es ist wichtig, dass man sich wohl in seiner Haut fühlt, weil's nämlich verboten ist, andere Leute zu meucheln und deren Haut zu tragen.«

Fred warf den Kopf in den Nacken und lachte laut. Bei einem wie ihm, der optisch als Ulknudel rüberkam, erwartete man lustige Bonmots. Aber bei einer wie Mia, mit ihrer biederen Bob-Frisur und ihrem braven Hemdblusenkleidgebaren, war so ein Spruch tausendmal lustiger.

Mia setzte sich neben ihn und nahm einen Schluck Tee. Sie beugte sich vor, goss noch etwas Sahne in die Tasse und trank erneut. »Hm, das tut gut.«

Fred freute sich, dass sie keine Kalorienzählerin war. Er malte sich schon aus, sich mit ihr um die letzten Tropfen Rum in der Keramikkuh zu fetzen, sobald sie erst mal zusammen wohnten.

Er goss ihr nach.

Mia lehnte sich zurück und schloss kurz die Augen.

»So schlimm?«, fragte Fred.

»Ich kenn dich nicht, aber ich erzähl dir jetzt was: Jüngere Schwestern sind die Hölle!«

Fred, der nur seinen Bruder Dreas hatte – falls die frisch angetraute zweite Frau seines Vaters nicht noch nieder-kam –, hakte interessiert nach: »Ach ja? Ich kann nicht mitreden. Ich habe nur einen Bruder.«

»Sei froh.« Mia stellte die Tasse ab, damit sie besser gestikulieren konnte. Ihre Großmutter mütterlicherseits war Sizilianerin gewesen, da steckte ihr der händische Ausdruckswille in den Genen. »Pia hat das Studium ge-schmissen, um sich einer Gruppe von Klima-Aktivist:in-nen anzuschließen. Meine Eltern sind völlig ausgeflippt.«

Fred nickte.

»Versteh mich nicht falsch, ich bin absolut dafür, dass sie sich fürs Klima einsetzt. Da müssen wir als Gesell-schaft wirklich etwas tun. Und zwar jetzt, nicht irgend-wann – es ist nicht fünf vor zwölf, sondern fünf nach zwölf, aber …« Mia runzelte die Stirn. »… aber sie hat sich der Gruppe ›Die letzten Tage‹ angeschlossen.«

Sogar ein Nachrichten-Verweigerer wie Fred hatte schon von den ›Letzten Tagen‹ gehört. Wenn irgendwo irgendwer am Asphalt einer Krankenhauszufahrt kleb-te oder ein Kulturerbe vom Kaliber einer *Mona Lisa* mit Säure statt mit Suppe bewarf, dann konnte man sicher sein, es mit einem Mitglied der ›Letzten Tage‹ zu tun zu haben. Deren Motto lautete gemäß ihrem Grundsatzpa-pier: *Nichts und niemand ist tabu, wenn es ums Klima geht.* Dicht gefolgt von ihrem Credo: *Wenn sich was än-dern soll, muss es weh tun.*

Mia strich sich über die nunmehr rundum frizzeligen Haare. »Okay, wenn sie sich einer nicht ganz so gnadenlos aggressiven Gruppe angeschlossen hätte, dann hätte ich damit leben können. Ich hätte es sogar gutgeheißen. Weil ich ehrlich finde, man muss sich als junger Mensch für das Gute und das Richtige einsetzen. Insofern hätte sie meine Unterstützung gehabt.« Sie presste die Lippen zusammen, dann knurrte sie: »Aber die ›Letzten Tage‹ sind keine Gruppe, die sind ein Kult. Und ihr Anführer heißt Hubertus von Dobenstein.«

Von Dobenstein. Fred kam der Name irgendwie bekannt vor. Ja, genau, im Internat war eine Hella von Dobenstein zwei Klassen über ihm gewesen. Bayrischer Landadel, wenn er nicht irrte.

Mia las in ihm wie in einem Buch. »Der Name sagt dir was, oder? Der Vater sitzt in München im Landtag, die Mutter ist Hausfrau. Eigentlich würde man bei einem Spross aus dieser Familie denken, dass er einer Burschenschaft vorsteht. Oder sein Unwesen als Wolf an der Wall Street treibt.«

Fred strahlte auf. Er liebte Anspielungen auf Filme. Auch wenn es sich um Filme handelte, die er persönlich nicht goutierte. Von einem leichtfertigen Cineasten-Kommentar sah er jedoch ab. Mia war dafür eindeutig nicht in der Stimmung.

»Aber nein, Hubertus tobt sich als Hardcore-Klimaaktivist aus«, fuhr sie fort. »Und baut dabei echt Scheiße. Man klebt sich nicht mitten in Krankenhauszufahrten. Das muss einem doch der innere moralische Kompass sagen! Außerdem verscherzt man sich damit die Sympathien derer, die eigentlich auch für härtere Klimaschutzmaßnahmen wären, aber nicht dafür sind, dass Schwangere ihre Babys vor einer Absperrung bekommen müssen, weil der selbsternannte Gutmensch Hubertus sich aufs Pflaster gekittet hat.« Mia warf beide Arme in die Luft.

Als typischem Hanseat war Fred diese überbordende körperliche Ausdrucksform wesensfremd. Umso begeisterter sah er zu. Als säße er im Publikum des Cirque du Soleil.

»Und selbst das ist noch nicht das Schlimmste! Dieser Kerl betrachtet sich wirklich als Kultführer, als Kommunen-Häuptling, der absoluten Gehorsam verlangt! Und abwechselnd mit all seinen Schäfchen schläft!« Mia blies die Wangen auf, um gleich darauf die Luft wieder abzulassen. »Ich sage das nicht nur so, o nein, ich habe das mit eigenen Augen gesehen. Weil ich seit vorgestern in deren Wohngemeinschaft in Westerland schlafe. Um Pia irgendwie wieder zu Verstand zu bringen. Ist aber sinnlos. Sie ist diesem Affen verfallen!« Mia hielt plötzlich inne und sah zu Fred, die Hände jetzt reglos im Schoß. »Also, das ist jetzt kein Bodyshaming. Er ist zwar ziemlich behaart. Aber das würde ich ihm nie vorwerfen! Ich meinte damit, dass er nur über die elementaren, kognitiven Fähigkeiten eines Schimpansen verfügt.« Sie lief rot an. »Sorry, ich weiß nicht, was mit mir los ist. Das ist die Sorge um Pia. Ich will ja, dass sie kämpft, aber ich habe echt Schiss, dass sie …«

Mia fasste die Angst um ihre Schwester nicht in Worte. Die konnten sonst wahr werden. Aber wie lange würde dieser rücksichtslose Idiot Hubertus noch so weitermachen, bevor ein genervter Autofahrer Pia plattfuhr? Oder Pia in den Knast kam, weil ihretwegen ein Feuerwehrwagen aufgehalten wurde und jemand bei einem Brand starb?

Fred nickte. Er sagte nichts. Weil man in so einem Moment nichts sagen kann. Es reichte, da zu sein.

Mia sah lächelnd auf. »Tut mir leid, dass ich dich mit meinen Problemen zugetextet habe.«

»Kein Thema. Immer gern.« Fred hätte ihr gern versichert, dass sie ihn bis zum Jüngsten Tag zutexten könne, dass er alles über sie erfahren wollte: den Namen ihres allerersten Plüschtieres, was ihr Lieblingspudding war, ihre bevorzugte Toilettenpapiermarke, alles. Nichts war zu profan. Aber selbst in seiner hormonellen Schieflage war ihm klar, dass er langsamer vorgehen musste.

»Du bist nett«, sagte Mia. »Schräg, aber nett.«

Sie sahen sich in die Augen.

Aber sosehr Fred auch versuchte, blinzellos einen Funken überspringen zu lassen, er sah in Mias samtbraunem Blick nichts aufglimmen.

»Schräg und nett, aber völlig ohne Lebensziel«, fasste sie zusammen.

»Muss denn immer alles ein Ziel und einen Sinn haben?«

»Nein, natürlich nicht alles. Moose oder Flechten oder Krill brauchen keinen Lebenszweck.« Mia zuckte mit den Schultern.

»Der ideale Lebenszweck ist Borstenvieh, ist Schweinespeck«, zitierte Fred.

»Wie bitte?« Mia runzelte die Stirn. Ihr musikalisches Interessensspektrum beinhaltete offenbar keine Operetten wie den *Zigeunerbaron*. Und womöglich hielt sie ihn jetzt für einen Spinner mit heimlichem Metzger-Fetisch. Fred wollte das richtigstellen. »Ich lebe vegetarisch.« Er hätte ein ›mehrheitlich‹ hinzufügen sollen, aber solche Details konnten sie bei ihrem ersten gemeinsamen Essen klären. Mutig erklärte er: »Ich kann auch vegan!«

Mia lächelte. »Du musst dich mir gegenüber nicht rechtfertigen.« Sie sah ihn zum ersten Mal wirklich an.

In seinem Onesie wirkte er irgendwie niedlich. In seinem Gesicht sah man immer noch den schwachen Abdruck der Taucherbrille. Süß, dachte Mia. Gletscherblaue Augen. Die eine hypnotische Wirkung entfalteten.

Bis eben hatte sie sich noch als besorgte Schwester gefühlt. Jetzt meldete sich die Frau in ihr. Etwas in diesen Augen ließ sie ihren Herzschlag spüren.

Das war jetzt blöd! Erstens, weil sie für Gefühlsduseleien keine Zeit hatte – sie musste Pia zur Räson bringen, bevor nächste Woche wieder die Arbeit anfing –, und zweitens, weil sie sich vor nicht einmal sechs Wochen von ihrem Ex getrennt hatte und sie jetzt eine Pause brauchte: eine Beziehungspause sowieso, aber auch eine Männerpause. Keine Kurzzeitliebeleien. Basta!

Mia schaute rasch auf ihr Handy. »Versteh das nicht falsch, ich danke dir sehr für deine Hilfe, aber ich sollte jetzt echt los.«

»Es regnet noch!«, hielt Fred sofort dagegen, als ob Mia – sollte sie erneut Niederschlägen ausgesetzt werden – dauerhaft einlaufen würde. Er sah aus dem Fenster. Das hätte er mal vorher tun sollen, denn ärgerlicherweise hatte es aufgehört zu regnen. Fred betrachtete das als persönlichen Affront.

Mia stand auf. »Danke für alles. Der Tee ist wirklich lecker.«

Auch Fred erhob sich. »Lass mich dich wenigstens nach Hause bringen.« Er nahm ihren Protest vorweg. »Nein, nicht auf dem Rad. Ich habe ein Auto.«

Mia grinste. »Wenn Hubertus das sieht, wird er mir Vorhaltungen machen. Individualverkehr ist ihm ein Dorn im Auge.«

Fred setzte seinen Dackelblick auf. »Ist das ein Nein?«

»Im Gegenteil, es ist ein schallendes Ja. Ich freu mich, wenn ich Hubertus ärgern kann.« Mia grinste. »Aber ist es wenigstens ein Elektroauto?«

Fred schmunzelte. »Selbstverständlich!« Dass in seiner Hamburger Garage noch zwei Sprit fressende Luxusautomobile warteten, stand auf einem anderen Blatt.

Eilig schob er Mia erst durch den Flur in die Küche und dann durch die Hintertür hinaus. Die Eile hatte Methode: Ihre Kleider hingen noch im Bad. Wenn sie nicht daran dachte, konnte er sie ihr morgen bringen und sie auf ein Getränk einladen.

Mia dachte daran. Aber da saßen sie schon in seinem froschgrünen Elektro-Mini und brausten in Richtung Westerland.

Fred grinste so breit, dass er bestimmt Grübchenmuskelkater bekommen würde. Sein Bleifuß holte alles aus dem Flitzer heraus. Wenn er glücklich war, legte er immer an Tempo zu.

»Bitte nicht so schnell«, bat Mia.

Sofort ging er vom Gas.

Gerade noch rechtzeitig. Am Wennigstedter Kreisverkehr kam ihnen ein Streifenwagen entgegen. Möglicherweise hätte der – also dessen hominider Inhalt – sonst ein Exempel statuiert und ihm einen Strafzettel wegen zu hoher Geschwindigkeit aufgebrummt. So kamen sie mit einem blauen Auge davon.

Fred sah zu Mia. Er spürte, mit ihr an seiner Seite würde es immer ein Happyend geben.

Kapitel 3

Kell ermittelt,
Jorgensen auch.

Der Streifenwagen hielt in der Einfahrt zur Villa Garstig direkt hinter dem renngrünen SUV und spuckte Sylts Polizeichef, den ersten Kriminalhauptkommissar Enno Kell, aus. Er war frisch eingeflogen worden. Mit dem Polizeihubschrauber. Weil das Mutterschiff der hiesigen Polizei, sprich: die Polizeidirektion, in Flensburg lag und er dort an einem Workshop zum Thema Kommunikation bei Großveranstaltungen teilgenommen hatte.

Warum Flensburg, ganz rechts auf der Landkarte, für Sylt, ganz links, zuständig war, mochten die Götter wissen. Vielleicht hatte der Polizeipräsident eine Wette verloren?

Jasper Jorgensen, sein Vize und in seiner Abwesenheit zuständig für Recht und Ordnung auf der Insel, begrüßte ihn mit markigem Nicken.

»Jasper.«

»Enno.«

Im hohen Norden war man kein Freund vieler Worte. Oder des Händeschüttelns.

Jorgensen brachte seinen Chef auf den neuesten Stand. »Stumpfe Gewalteinwirkung. Der Tote ist Robert Garstig, Unternehmer aus Hamburg. Von der Security identifiziert.«

»Die Security sind wir!«, rief ein drahtiger Mittvierziger in der Uniform einer Sicherheitsfirma. »Bruns der Name, Paul-Walter Bruns. Wir halten hier unsere Augen offen!«

Seine Hand fuhr in Hüfthöhe hoch, zuckte und senkte sich dann wieder. Als ob Bruns hätte salutieren wollen, es sich dann aber anders überlegte.

Pluralis Majestatis?, überlegte Kell, *das kaiserliche ›wir‹ regierender Häupter? Wir erkannten in dem erkalteten Leichnam unseren Subalternen, den Knecht Garstig.*

Kell hielt das für möglich, weil Securitymann Bruns mit jeder Pore seiner Erscheinung auszustrahlen schien, dass er hier das Sagen hatte. Oder aber Bruns betrachtete sich als dreiköpfigen Höllenhund Zerberus, der mit seinen drei Köpfen namens Paul, Walter und Bruns das Reich des Unterweltgottes bewachte?

Kell riss sich wieder zusammen. »Wer ist wir?«, fragte er streng. Wobei die Strenge nicht wirklich Absicht war, er sprach immer so. Selbst wenn er in seinem Lieblings-Inselcafé einen Mokka bestellte, klang er wie ein Richter am Bundesgerichtshof bei der Urteilsbegründung.

»Äh … ja gut, in diesem Fall muss es ich heißen«, räumte Bruns kleinlaut ein. »Der Hauke … also mein Kollege … der hat sich heute früh krankgemeldet, da musste ich meine Runde solo drehen.« Bruns hatte sich für die klassische Vokuhila-Frisur entschieden – vorn kurz, hinten lang. Weil der Wind kräftig auffrischte, flatterte seine Nackenhaargardine im Wind.

Kell wandte sich wieder an Jorgensen. »Also gut, die

Identität des Toten wäre geklärt. Ich gehe mal davon aus, das hier war sein Zweitwohnsitz?«

Morde waren nicht das Problem von Sylt. In all den Jahren, die Kell hier in Amt und Würden war, konnte man die Tötungsdelikte an einer Hand abzählen und es blieben noch Finger übrig.

Das Problem von Sylt waren die Mieten. Viele aus seinem Team wohnten auf dem Festland und mussten pendeln. Und wenn der Dienst es nicht zuließ, dass sie rechtzeitig auf die Insel kamen, mussten sie in der Dachkammer des Reviers pennen.

Wer sich hier ein Haus leisten konnte, noch dazu eine Villa, der hatte kaum Gelegenheit, viel Zeit auf der Insel zu verbringen, weil er draußen in der Welt Geld verdienen musste, um sich den Aufenthalt hier leisten zu können. Mithin Zweitwohnsitz.

»Yep.« Jorgensen nickte. »Ist heute Vormittag erst angekommen. Das Ticket liegt noch auf dem Armaturenbrett.«

»Ich habe gleich gemerkt, dass da was nicht stimmt«, unterbrach Bruns und trat einen Schritt vor. Das war sein Moment im Scheinwerferlicht, den ließ er sich nicht nehmen. »Ich habe auf meiner Runde gesehen, dass der Kofferraum und die Haustür offen standen. In so einem Fall warten wir immer kurz, ob die Hausbesitzer nur rasch etwas ausladen wollen. Wenn das nicht der Fall ist, haken wir nach!«

So wie er sprach, beide Daumen im Gürtel verankert, hätte man denken können, er wäre beim Vorsprechen für einen Werbespot. Fehlte nur noch der nach oben gereckte Daumen.

»Danke, Herr Bruns, ich melde mich, wenn ich Ihre Aussage aufnehmen möchte«, erklärte Kell.

Bruns' Lippen zuckten protestierend, aber er trat wieder einen Schritt zurück.

Kell sah zu der Kamera über der Haustür. »Zeichnet die auf?«

Jorgensen schüttelte den Kopf. »Ausgerechnet heute nicht. Das System ist defekt. Aber hier sind ja überall Kameras. Ich habe schon einen Kollegen rundgeschickt, der sich die Aufzeichnungen anschauen und gegebenenfalls sichern soll.«

Kell nickte anerkennend. »Wohnt außer Garstig jemand im Haus? Familie? Personal?«

»Ja, eine junge Frau namens Vanessa!« Bruns trat wieder vor. Das war doch jetzt wichtiges Faktenwissen, da konnte er unmöglich schweigen. »Seit ungefähr vier, fünf Monaten. Sehr jung. Sehr …« Bruns vollführte Wellenbewegungen mit den Händen. Völlig übertriebene Wellenbewegungen – außer, die Frau wäre ein Nilpferd auf Steroiden. »… sexy. Mit der ist er aber nicht verheiratet, die beiden …«, er pausierte und zwinkerte, »… leben nur zusammen.«

»Aha. Danke.« Kell sah zu Jorgensen. »Kontakt aufnehmen.«

»Ihren Nachnamen kenne ich nicht, aber sie arbeitet in der Boutique Femme fatale in Westerland«, warf Bruns ein. Er sprach es ›Famm Fatall‹ aus.

»Danke schön, Herr Bruns. Aber ich wiederhole noch mal … wir kommen auf Sie zu, wenn wir Ihre Aussage hören möchten. Wollen Sie nicht drüben an den Eiben eine rauchen?«

Jorgensen klang leicht genervt. Und er schlug keinesfalls dummdreist eine Teerattacke auf Bruns' Lungen vor, sondern hatte die Packung Zigaretten gesehen, die aus dessen Uniformhemdjacke lugte.

»Verstanden!«, brummte Bruns zackig.

»Okay, gehen wir rein.« Kell ging vor. Jorgensen folgte.

Bruns wartete einen Moment, dann beschloss er, das auch als Aufforderung an sich zu verstehen. Er war doch nicht blöd und ließ sich das Highlight seines Daseins als Sicherheitsmann entgehen. Normalerweise hatten sie es in Kampen nur mit Falschparkern oder Taschendieben zu tun. Aber Mord? Wahnsinn!

Er trat ein. Mangels Wind im Inhouse-Bereich kamen seine Nackenhaare zur Ruhe.

In der Villa ging es erstaunlich ruhig zu. Normalerweise brannte an Tatorten die Bude, und der Bär tanzte in den Flammen. Will heißen, es war viel los. Aber wetterbedingt waren noch nicht alle Kollegen und Kolleginnen vor Ort. Kells Heli war einer der letzten, der noch landen durfte.

Jorgensen und Kell schlüpften in die bereitliegenden Einmalanzüge.

Bruns, nicht ganz so sehr auf den Kopf gefallen, wie er auf den ersten – und auch den zweiten – Blick aussah, tat es ihnen gleich. Natürlich erst, als die beiden schon in Richtung Pool verschwunden waren.

Auf dem Weg zum Pool und zur Leiche sah Kell sich um. Sollte er jemals Lotto-Millionär werden – und er spielte jede Woche –, würde er sich geschmacklich nicht so vergaloppieren. Zu viele vergoldete Säulen, zu viel Schnickschnack.

»Der Erstbefund des Gerichtsmediziners lautet auf schweres Schädel-Hirn-Trauma durch stumpfe Gewalt-einwirkung. Vermutlich mit diesem Golfschläger.«

Jorgensen zeigte nach rechts, Kells Blick folgte dem Zeigefinger des Kollegen. Vor dem goldfarbenen Ständer mit frischen Handtüchern lag ein Golfschläger mit dun-kelgrünem Griff. An der Schlagfläche des Eisens klebten noch Gewebereste und Haare.

»Der Tote wurde in einen Triple-Bag-Müllsack gelegt und mit Chlorbleiche übergossen. Anschließend wurde der Sack verschlossen und in den Pool geworfen.« Jor-gensen ging zum Pool, der zwischenzeitlich leer war. Leer an Leiche. Nicht leer an Wasser. Das war noch drin und blubberte an den seitlichen Düsen. Kell tippte auf Zeit-schaltung.

Der leere Kanister, in dem sich die Chlorbleiche be-funden hatte, lag vor der Tür zur Infrarotsauna.

»Die Leiche ist da drüben.«

Ein Spurensicherer positionierte nummerierte Hin-weisschilder, ein Fotograf knipste.

Kriminalhauptkommissar Kell trat näher. Der aufge-klappte Müllsack gab den Blick auf den deutlich verätzten Garstig frei. Kein schöner Anblick. Er hatte schon Schlimmeres gesehen. Aber nicht viel.

Jorgensen, der das schon hinter sich hatte, blieb an der Infrarotsauna stehen.

Bruns, der bis vorhin noch nie eine Leiche gesehen hatte – wobei ihm immerhin keine einzige Krabbe des Krabbenbrötchens hochgekommen war, das er zu Mittag gegessen hatte –, trat hinter Kell. Nicht so nah, dass Kell seinen Atem im Nacken spüren konnte, aber nah genug für ein Handyfoto. Daran hatte er vorhin nämlich nicht gedacht. Und wenn das hier kein memorabler Moment war, was dann?! Er hätte das Handy allerdings auf lautlos stellen sollen.

Klick.

Klickklickklick.

Kell und Jorgensen fuhren herum. Sie hatten natürlich das Plastikrascheln gehört, als er näher kam, aber gedacht, er gehöre zur Spusi. Jetzt erkannten sie ihn.

»Herrschaftszeiten!«, fluchte Kell. »Geht's noch? Was soll das werden – Leichentourismus?«

Jorgensen schritt auf Bruns zu und packte ihn am Plastikärmel des Schutzanzugs.

»Ich muss doch noch meine Aussage machen!« Wenn's drauf ankam, fiel Bruns immer ein Spruch ein.

»Raus mit ihm!« Kell fluchte in sich hinein.

Jorgensen zog den störrischen Bruns mit sich.

»Und die Fotos werden sofort gelöscht!«, rief Kell ihnen nach. Da hatte Jorgensen Bruns aber schon das Handy abgenommen.

»Wann kommt der Gerichtsmediziner?«, fragte Kell den Fotografen.

Der zuckte mit den Schultern. »Wollte längst hier sein. Steckt wohl fest.«

Wie zum Beweis blies der Sturmwind eine der Glastüren des Poolbereichs zu.

»War die Tür offen, als Sie kamen?« Kell zog sich Einmalhandschuhe über und verriegelte die Tür, bevor der Wind sein Spielchen wiederholte und die Scheibe zu Bruch ging.

»War offen. Hab ich fotografiert.«

Weil Kell hier nichts weiter tun konnte, ging er zurück in den Eingangsbereich der Villa, wo Bruns sich gerade aus dem Ganzkörperkondom schälte.

»Fotos sind gelöscht«, sagte Jorgensen.

»Danke.« Kell sah zu Bruns. »Okay, dann kommen wir jetzt zu Ihrer Aussage. Sie haben auf Ihrer Runde also bemerkt, dass etwas nicht stimmt?«

»Genau. Der Kofferraum stand auf. Die Haustür auch. Ich näherte mich daraufhin dem Fahrzeug und vergewisserte mich, dass niemand drinsaß, dann ging ich zum Eingang und rief.«

Bruns sah von Kell zu Jorgensen, als ob er einen Zwischenruf oder ein Nachhaken erwartete. Als nichts dergleichen kam, fuhr er fort: »Ich gab mich lautstark als Security-Mitarbeiter zu erkennen und rief, dass ich jetzt das Haus betreten würde. Es kam keine Antwort. Also betrat ich das Haus.« Er verstummte.

Weil Bruns Bestätigung zu brauchen schien, nickte Jorgensen.

Bruns nickte wackeldackelartig mit dem Kopf. »Ich habe gleich so einen stechenden Chlorgeruch wahrgenommen. Erst dachte ich, dass vielleicht die Putzfrau zugange ist, aber die kenne ich, die kommt immer mit ihrem Hollandrad, und das stand ja nicht vor dem Haus. Dann dachte ich, es sind vielleicht die Poolreiniger. Ich gehe also zum Pool und sehe auch gleich den Müllsack auf dem Poolboden. Das kam mir komisch vor. Poolreiniger holen ja nur was raus, die werfen nichts rein.«

Kell schnaufte. Wenn das so weiterging, würde das Stunden dauern. »Keine Details«, sagte er. »Ich will nur die zielführenden Eckdaten.«

Bruns sah ihn verständnislos an.

»Haben Sie die Leiche aus dem Pool gefischt?«

»Nein. Da wusste ich ja noch nicht, dass es eine Leiche war. Ich dachte ...« Ihm fehlten die Worte.

Vermutlich, weil er gar nichts gedacht hatte, mutmaßte Kell.

»Ich habe den Bügelgreifer genommen, mit dem man die Markisen runterzieht, und wollte damit den Sack aus dem Pool fischen, aber dabei platzte der Sack auf, und ein Fuß schaute raus.«

»Und da haben Sie die Polizei gerufen?«

»Aber nein.« Bruns lächelte angesichts dieser Vermutung. »Er hätte doch noch leben können! Ich habe den Sack in den flachen Bereich gezogen, wo die Stufen sind. Dort konnte ich ihn mit den Händen packen und aus dem Wasser ziehen. Und wie ich das mache, platzt er auch am anderen Ende auf, und der Garstig schaut raus.«

Bruns atmete schwer aus. »Ich muss ehrlich sagen, das war schon heftig. So verätzt und alles. Aber unverkennbar der Garstig. Daraufhin habe ich selbstverständlich sofort den Notruf getätigt!«

»Vorbildlich«, warf ihm Jorgensen ein weiteres Verbal-Leckerli zu.

Bruns lächelte stolz.

Kell sah Jorgensen an, als hätte der eine Schraube locker. Vorbildlich? Echt jetzt?

Jorgensen nickte nur und sandte die telepathische Message aus, dass er wusste, wie man mit Leuten wie Bruns umging.

»Sie haben niemanden gesehen?«, fragte er Bruns. »Im Haus nicht? Auch nicht auf der Straße?«

»Öhm …« Bruns ging in sich. »Nee, hier im Dreh war keiner unterwegs. Da war gerade der Regenguss. Und hier im Haus war auch keiner. Ich habe natürlich sofort nachgesehen.«

»Natürlich.« Kell legte eine volle Breitseite Sarkasmus in dieses *Natürlich*. Der Verdacht lag nahe, dass Bruns nur seine Neugier befriedigen wollte, um bei Garstig mal ungestört in den Schränken zu schnüffeln. »Sie wissen schon, wie unklug das war? Wäre der Mörder noch im Haus gewesen, hätte das Folgen für Sie haben können. Fatale Folgen.«

»Ich bin vorbereitet!« Wie John Wayne selig zog Bruns seinen Taser aus der Gürtelhalterung.

Kell rollte mit den Augen.

»Was denn?«, murrte Bruns. »Das ist ein im Waffengesetz ausdrücklich zugelassenes Elektroimpulsgerät. Mit amtlichem Prüfzeichen.«

»Vielen Dank, Herr Bruns«, schritt Jorgensen ein. »Das hilft uns schon weiter. Wir müssen Sie allerdings bitten, Ihre Aussage auf dem Revier zu Protokoll zu geben. Ein Kollege von uns fährt Sie hin.«

Wie aufs Stichwort fuhren ein weiterer Streifenwagen und zwei Zivilfahrzeuge in die Auffahrt. Die damit voll war.

Während Bruns einen letzten, sehnsuchtsvollen Blick zurückwarf, zog Jorgensen ihn hinaus.

Kell kehrte zurück in den Poolbereich. Gleich darauf gesellte sich der Gerichtsmediziner zu ihm.

»Moin, Adam.«

»Moin, Moin, Enno.«

Dr. Adam Bechstein stammte nicht aus der Gegend. Man musste es ihm nachsehen, dass er so ein Schwätzer war. Abgesehen davon war er einer von den Guten. Und in seinem Job machte ihm niemand was vor.

»Sorry, bin spät dran«, entschuldigte sich Bechstein. »Aber kaum weht draußen mal ne steife Brise, denken die Touristen, die Welt geht unter. Hamsterkäufe, Panikattacken, galoppierender Irrsinn.«

Der Gerichtsmediziner beugte sich über den offenen Müllsack. »Ah, zur Abwechslung mal etwas mit mehr Pfiff. Chlorbleiche, hat man nicht alle Tage.« Er ging in die Knie.

In diesem Augenblick schrie eine Frau gellend auf.

»Robbi! Robbiiiiiiiiii!«

Kell wirbelte herum.

Im Zugang zum Poolbereich stand eine junge Frau in einem eleganten Trenchcoat und Pumps. Es sah aus, als würde sie unter dem Trench nichts weiter tragen. Bevor Jorgensen, der hinter ihr hereinkam, sie aufhalten konnte, lief sie auf Kell zu. Na ja, nicht auf Kell, sondern auf den toten Garstig.

Kell hielt sie auf, bevor sie das entstellte Gesicht des Toten sehen konnte. Oder sie sich auf den noch nicht gesicherten Leichnam warf.

»Robbiiiii!«, schluchzte sie in seinen Armen.

Jung, sehr jung. Vor seiner Zeit auf Sylt hätte er im ersten Moment auf die Tochter getippt. Aber jetzt wusste Kell: Je reicher der Kerl, desto jünger die Gespielin. Garstig musste verdammt reich gewesen sein.

Ein Klischee, in der Tat. Aber solche Stereotype gab es ja nicht grundlos. Nirgends erlebte man das besser als auf Sylt.

Sie war unglaublich schmal und fragil. Kell fürchtete, ihr die Rippen zu brechen, wenn er auch nur einen Hauch fester zugriff.

Glücklicherweise machte sie keine Anstalten, sich aus seiner lockeren Umarmung herauszufädeln.

Bei seiner Jette hatte er immer ordentlich was im Arm. Kell liebte das. Zudrücken können, ohne Gefahr zu laufen, ein Knochenknirschen zu hören.

»Mein Robbi!«, schluchzte die junge Frau. »Das ist nicht wahr. Sagen Sie mir, dass das nicht wahr ist! O mein Gott, Robbi!«

Der Moment, in dem man realisiert – wirklich realisiert –, dass ein geliebter Mensch tot ist, nicht nur tot: ermordet, ist immer surreal. Die Leute reagierten ganz unterschiedlich. Aber je theatralischer, desto unglaubwürdiger. Die Frau in seinen Armen hätte einen Oscar für ihr bühnenreifes Entsetzen verdient. Kell setzte sie folglich sofort an die Spitze seiner Verdächtigenliste.

»Frau Löb, die Lebensgefährtin«, erklärte Jorgensen.

Das machte sie noch verdächtiger. In neun von zehn Fällen gehörte die Hand, die die Mordwaffe führte, zum Partner des Opfers. Dachte Kell, und der musste es wissen.

»Kommen Sie, Frau Löb, lassen Sie uns reden.« Kell wollte sie in die Lobby führen.

Da quietschte sie wieder auf. »Ist das die Mordwaffe? Der Golfschläger?«

Kell nickte.

»Die grünen Golfschläger waren nigelnagelneu. Farblich passend zu seinem neuen Wagen. Das war meine Idee! Die hätte man als ›unbenutzt‹ im Set weiterverkaufen können.« Sie klang, als wolle sie die Stirn runzeln. Aber da runzelte sich nichts. Kell tippte auf Botox.

»Kommen Sie«, wiederholte Kell. »Im Sitzen redet es sich besser.«

Er führte sie in den Eingangsbereich, der auf ihn wie die Lobby eines Hotels wirkte. Alles teuer, alles schön, aber der menschliche Faktor fehlte.

Frau Löb ließ sich in einen der weißen Sessel fallen.

Ihr Trenchcoat klappte auf. Yep, sie trug nichts drunter.

Kell sah zu Jorgensen. Der konnte sich sein Grinsen nicht rasch genug aus dem Gesicht wischen. Kell schüttelte vorwurfsvoll den Kopf.

Vanessa Löb bekam das natürlich mit. Sie lebte davon, dass sie merkte, wie Männer auf sie reagierten. Polizeibeamte konnten ihr allerdings nicht den Lifestyle bieten, den sie dank Garstig und seines Vorgängers gewöhnt war, darum zog sie den Trench rasch zu und schlug die Beine übereinander.

»Ich wollte Robbi überraschen. Ein gemeinsames Wochenende auf der Insel. Ein bisschen Spaß, ein bisschen Prickel. Damit er nicht immer nur an seine Arbeit denkt.« Sie zuckte mit den Schultern. »Er war zwar zum Golfen gekommen, aber als ich den Wetterbericht hörte, dachte ich, dass er ja ohnehin nicht golfen kann, da wär's doch schön, wenn ich ihm etwas Abwechslung bieten könnte.« Sie hustete. »Entschuldigung, mein Mund ist ganz trocken.«

»Sollen wir Ihnen etwas zu trinken holen?«, fragte Jorgensen.

»Nein.« Sie schüttelte den Kopf. »Oder doch! Könnten Sie mir einen Brandy einschenken?« Sie zeigte auf einen goldlackierten Kontrabass.

Kell stutzte.

»Der Kontrabass-Steg ist der Griff«, erklärte Frau Löb. »Robbi liebte ungewöhnliche Hingucker.«

Über Geschmack ließ sich nicht streiten. Kell öffnete

die Hausbar und schenkte zwei Fingerbreit Brandy in ein Glas.

Sie trank zwar nicht auf ex und hopp, aber fast.

»Sind Sie eben erst angekommen?« Knisternd setzte sich Kell ihr gegenüber und schob sich die Kapuze des Einmalanzugs vom Kopf.

»Ja.« Sie zog aus der Brusttasche ihres Mantels ein Handy, in dessen Hülle sich ein Personalausweis und eine Kreditkarte befanden. Mit mehr war sie nicht unterwegs. Für eine Frau enorm untypisch. Das nötigte den Männern dann doch ein wenig Respekt ab.

»Hier.« Sie rief auf ihrem Handy eine Seite auf und hielt es Kell hin. Jorgensen trat vor und fotografierte die Buchungsbestätigung ab. Dann nickte er Kell zu. Er würde das überprüfen.

»Mit einer Maschine von GarstigAir. Robbi flog selbst nicht gern, aber er hat die drei Charterjets aus seinem Bestand für viel Geld vermietet. Wenn ein Flieger frei war, durfte ich ihn benutzen. Aber ich wurde immer offiziell als Gast geführt. Damit man das Ticket steuerlich absetzen konnte.« Sie fuhr sich mit der Zungenspitze über die Lippen. Der Lippenstift hielt. »Am Flughafen habe ich mir ein Taxi hierher genommen.«

Falls das stimmte, hatte sie ein Alibi.

Andererseits, wer so viel Geld hatte, konnte ja auch einen Auftragskiller anheuern. Dennoch galt natürlich die Unschuldsvermutung.

»Hatte Ihr … hatte Herr Garstig Feinde?«, wollte Kell wissen.

Frau Löb lachte keckernd auf. »Massenweise!«

Kell und Jorgensen sahen sich an.

»Ja, was glauben Sie denn, Robbi war Weltmarktführer in Sachen Entsorgung. Wer es so weit bringt, macht sich nicht nur Freunde.«

»Wurde er bedroht?«

Sie zuckte mit den Schultern. »Nicht, dass ich wüsste. Aber über Berufliches haben wir nie geredet. Da müssen Sie sein Sekretariat fragen.« Sie wollte noch einen Schluck Brandy nehmen, aber ihr Glas war leer. Sie stellte es ab und stand auf. »Ich will ihn sehen.«

Kell erhob sich ebenfalls. »Das geht nicht.«

»Ich halte das aus!«, protestierte sie. »Ich bin kein kleines Kind!«

»Darum geht es nicht. Sie verunreinigen den Tatort. Ich versichere Ihnen, Sie bekommen eine Gelegenheit, einen letzten Blick auf ihn zu werfen.«

»Aber jemand muss ihn doch identifizieren!«, rief sie.

»Er wurde bereits zweifelsfrei identifiziert. Von einem Wachmann.«

Frau Löb legte den Kopf schräg. »War das der, den man im Streifenwagen weggefahren hat, als ich kam?«

Kell nickte. »Er hat Ihren … Lebensgefährten gefunden. Und glauben Sie mir, es ist kein schöner Anblick.«

Frau Löb spitzte die Lippen und guckte trotzig.

Sie wird doch wohl nicht?, dachte Kell noch, da stürmte die Löb auch schon los.

Jorgensen war schneller als Kell. Er bekam sie zu fassen und hielt sie fest.

»Robbi«, schrie sie ein letztes Mal voller Qual und streckte ihren Arm nach dem Toten im Müllsack aus. Will heißen, in die ungefähre Richtung – einmal quer durch die Lobby und den Zugang zum Poolbereich. Von da, wo sie stand und jaulte, konnte sie den Müllsack mit dem Toten überhaupt nicht sehen. Im Grunde nicht einmal erahnen. Wenn überhaupt, zeigte ihr ausgestreckter Arm auf die Gästetoilette.

Doch keine oscarreife Trauer-Performance, eher eine Goldene Himbeere für die schlechteste Schauspielleistung, befand Kell. *Eine Mimik wie in der Stummfilmzeit.*

Aber immerhin reichte es, um Kell und Jorgensen davon abzuhalten, durch die immer noch offene Haustür nach draußen zu schauen. So bekamen sie nicht mit, dass auf der anderen Seite der Straße, halb hinter einer nur etwas übermannshohen Birke versteckt, eine andere junge Frau in weißer Caprihose und Hoodie im Glitzerlook stand.

Sie rannte davon, als ein Elektro-Mini direkt vor ihr durch eine Pfütze fuhr und ihr mit Schlammwasser ein Jackson-Pollock-Muster auf die Hose spritzte.

Kapitel 4

Fred föhnt ein Kleid,
Mia bittet um Hilfe.

»'tschuldigung!«, rief Fred, obwohl man das außerhalb der Karosserie vermutlich nicht hören konnte. Zumal über den Wind hinweg.

Aus den Augenwinkeln hatte er mitbekommen, dass er unabsichtlich jemandem eine Schlammdusche verabreicht hatte. Und er hätte auch sofort angehalten und angeboten, die Reinigungskosten zu übernehmen, aber da war die Person – höchstwahrscheinlich weiblichen Geschlechts – schon auf und davon. Wegen der tief ins Gesicht gezogenen Kapuze konnte er sie nicht erkennen. Aber es musste sich um eine Anwohnerin handeln. Sie kannte offensichtlich den Geheimpfad, der – immer an den Grundstücksgrenzen zwischen den Häusern entlang – in Richtung Künstlerlokal Kupferkanne führte.

Das Gros seiner Aufmerksamkeit galt allerdings den vielen Fahrzeugen und Amtspersonen vor der Villa des alten Garstig. Was war denn da los?

An jedem anderen Tag hätte er seinen Elektroflitzer in die Ladestation neben seinem Hexenhäuschen eingestöpselt, wäre zu Fuß zurückgegangen und hätte seine Neugier unumwunden zur Schau gestellt. Als Anwohner hatte man ja ein Interesse an allen Vorgängen, die möglicherweise für einen selbst relevant sein könnten.

Ja, er hätte seinem Wissensdurst gefrönt.

Nicht so heute.

Fred würde schon früh genug erfahren, ob bei Garstig die Steuerfahndung alle Schubladen durchwühlte. Oder ob er seine Protzvilla an eine Filmproduktion vermietet hatte, die dort jetzt die deutsche Version von *Men in Black* drehte.

Er ging in die Küche und setzte Nudelwasser auf. Sein Magen meldete ihm, dass er an diesem Tag noch nichts gegessen hatte, und dabei war es schon wieder dunkel. Es war zwar die Dunkelheit des dräuenden Sturmes, aber für seinen Verdauungstrakt war somit Nacht, und er verlangte nach Futter.

»Warum bin ich so fröhlich, so fröhlich, so fröhlich, so ausgesprochen fröhlich, so fröhlich war ich nie«, sang Fred mit den Worten der Ente Alfred Jodocus Kwak.

Obwohl Fred ganz genau wusste, warum er so fröhlich war.

Er war verliebt!

Während das Wasser vor sich hin kochte, eilte Fred ins Bad und streichelte nachgerade zärtlich über Mias Hemdblusenkleid, das an einem Bügel in der Dusche hing. Es war noch feucht.

Fred fand, dass er es bügeln sollte, damit er es ihr morgen in einwandfreiem, tragfertigem Zustand überbringen konnte. Dummerweise besaß er kein Bügeleisen. Die Frau, die zweimal die Woche zum Putzen kam, nahm seine Schmutzwäsche immer mit und brachte sie als Sauberwäsche – gebügelt und ordentlich gefaltet – beim nächsten Termin zurück. Ihm kam der Gedanke, dass er das Kleid auch auf andere Art und Weise großer Hitze aussetzen und somit glätten konnte. Mit einem Föhn!

Er schnappte sich Föhn und Kleid und lief zurück in die Küche, wo das Wasser bereits kochte. Fred griff wahllos zwei Handvoll Pasta aus dem Vorratsschrank und warf sie in den Topf. Er war ein Gourmet, aber kein Koch. Gutes Essen bekam er nur in Restaurants. Bei sich zu Hause gab es grundsätzlich nichts als Pasta plus Pesto. Die Pasta war auch nie *al dente*, weil er keinen Küchenwecker besaß. Er nahm sich jedes Mal vor, auf die Zeit zu achten, aber dann verging doch eine Viertel- oder halbe Stunde, und er konnte schon froh sein, wenn nicht das komplette Wasser verkocht war und die labbrigen Nudeln am Topfboden pappten. Nichts kam in seinem Haus öfter zum Einsatz als der Rauchmelder in der Küche.

Er steckte den Föhn ein. Mit der linken Hand hob er das Kleid hoch, mit der rechten richtete er den heißen Luftstrom des Föhns auf die Brustpartie. Das Kleid flatterte lustig vor sich hin.

Obwohl Fred mit dem Gesicht zum Sprossenfenster stand, bemerkte er das unheimliche Gesicht erst, als es sich die Nase an der Scheibe plattdrückte.

»Fuck!«, rief Fred.

Das Gesicht unter dem rasierten Schädel war über und über tätowiert. Ein Totenkopf-Piercing krönte die linke Augenbraue. Auch der Hals des Mannes war schwersttätowiert. Wenn so einer in der hereinbrechenden Dunkelheit durchs Küchenfenster stiert, gibt es keinen, dem nicht das Herz in die Hose rutscht.

Fred legte den Föhn auf die Küchentheke und riss das Küchenfenster auf.

»Scheiße, Morty, hast du mich erschreckt!«

Morty grinste. »Föhnst du das Frauenkleid für einen Drag-Auftritt? Lass mich dir einen Rat geben: Hemdblusenkleider sind ein No-Go für Travestiekünstler! Viel zu brav. Du brauchst deutlich mehr Glamour!«

»Halt die Klappe und komm rein.« Fred schloss das Fenster.

Morty war einer seiner ältesten Freunde. Was niemand denken würde, der die beiden zusammen sah. Der exzentrische, aber doch stets hochelegante Fred und der wie ein Grizzly gebaute und wie ein Schläger wirkende Morty verkörperten die zwei entgegengesetzten Enden des Spektrums Mann. Aber sie verstanden sich prächtig. Deshalb hatte Fred Morty auch das Gartenhäuschen überlassen. Was nützte ihm ein Freund in der Ferne, weil er sich die Mieten in der Nähe nicht leisten konnte? Ebend.

»Willst du mitessen?«, fragte Fred, während Morty zum Kühlschrank ging und sich ein Bier genehmigte.

»Nee, bloß nicht.« Morty wusste um Freds nichtexistente Fähigkeiten am Herd. Lieber würde er verhungern. Aber er hatte ja sein Bier. Bier war kein Getränk, Bier war ein Nahrungsmittel. »Prost!«

Fred hängte das Kleid an den Rahmen der Küchentür und sah nach den Nudeln. Die hatten bedauerlicherweise ihr *Al-dente*-Stadium schon hinter sich gelassen.

»Ich hab euch gesehen.« Morty grinste. »Als ich Schnucki zum Pieseln aus dem Fenster gehalten habe.«

Schnucki war Mortys Chihuahua. Weil Morty an Freiheit statt Leine glaubte, durfte Schnucki immer unangeleint herumlaufen. Bei markanter Sturmwarnung bestand allerdings die große Gefahr, dass Schnucki von einer Windböe weggetragen würde. An solchen Tagen durfte der kleine Kläffer seinem Harndrang nur in der Riesenhand seines Herrchens nachgeben, das ihn aus dem Gartenhausfenster hielt. Eine für Herrn und Hund akzeptable Alternative zur Leine. Reine Gewohnheitssache.

»Du hast uns gesehen? Wen meinst du mit ›uns‹?« Fred stellte sich dumm. Er holte sich ebenfalls ein Bier aus dem Kühlschrank. Sie prosteten sich zu.

»Dich und eine sehr sympathische Brünette auf dem Rad. Ich habe euch singen gehört. Seit wann nimmst du Anhalterinnen auf dem Fahrrad mit? Und singst auch noch mit denen? Keimt da was auf? Muss ich demnächst anklopfen, wenn ich dich besuchen komme?«

Wie so viele bärige Kerle hatte Morty eine Neigung zu allem Feinen – Lyrik, Aquarellmalerei, Petit-Fours-Rezepte. Und wenn Liebe in der Luft lag, wurde ihm warm ums Herz.

Fred wurde tatsächlich rot. »Ich habe sie am Strand getroffen.«

»Ah, eine Meerjungfrau!« Morty nickte verständnisvoll. Der Ort, an dem man eine Frau traf, spielte eine große Rolle. Was man in Clubs aufgabelte, war nix fürs

Leben. Aber magische Orte wie der Meeresstrand versprachen tiefe Gefühle.

Eigentlich hätte Morty mit seiner sensiblen Seele Dichter oder Balletttänzer werden müssen. Aber er war ganz glücklich mit seinem Tattoo-Studio. Da konnte er seine kreative Seite auch ausleben.

»Sie heißt Mia«, sagte Fred. Er hauchte es mehr, als dass er es sagte.

Morty schürzte wissend die Lippen. »Mia, das ist Italienisch für *mein*. Ein gutes Omen!«

Morty hieß wirklich Morty. Was als alleiniger Rufname zur Zeit seiner Geburt gar nicht erlaubt gewesen war. Es ging das Gerücht, dass seine unverheiratete Mutter damals mit einer Flasche Sanddorngrog zum Einwohnermeldeamt gegangen war und den Standesbeamten damit gefügig gemacht hatte. Jedenfalls stand jetzt Morty Müller in seinem Pass. Und wenn ihm jemand wegen des Namens komisch kam, sagte er, dass Morty die Abkürzung für Voldemort war, dann hielten alle unter fünfunddreißig schlagartig die Klappe.

»Wenn du dir ihren Namen stechen lassen willst, geht das aufs Haus«, bot Morty an.

»So weit sind wir noch nicht.«

»Aber du föhnst schon ihr Kleid?«

»Aus Gründen!«

Fred goss die Nudeln ab. Sie lagen verkocht und butterweich im Sieb. Morty schüttelte sich. Er wandte den Blick ab.

»Aus Gründen?«, hakte er nach. »Willst du sie etwa mit

deinen … äh … Fähigkeiten als Hausmann ins Bett kriegen? Du siehst mich zweifeln.«

»Ich würde dich gern gar nicht sehen«, brummte Fred. Es war alles noch zu neu, um es mit Morty zu diskutieren. »Hast du nichts zu tun?«

»Nope.« Morty nahm einen kräftigen Schluck. Bei einem wie ihm bedeutete das, dass daraufhin die Flasche leer war. »Es war lustig, dich strampeln zu sehen. Was ist passiert? Du musst dich doch sonst nicht so anstrengen. Normalerweise schmelzen Frauenherzen beim ersten Blick in deine graublauen Augen.«

Fred erwiderte nichts, aber Morty ließ nicht locker. »Hat deine Taktik, die Geldkarte auszuspielen und sie mit Schmuck und Schampus zu überschütten, nicht gefruchtet?«

Morty wusste ganz genau, dass Fred nicht so war. Er war kein Macho und spielte nicht mit den Gefühlen von Frauen. Genau das gefiel Mortys sensibler Seele an seinem Freund. Aber er zog ihn trotzdem gern damit auf. Vielleicht, weil er ein klitzekleines bisschen neidisch war. Wenn man so aussah wie Morty, eroberte man keine Frauen im Sturm. Im Gegenteil, sie liefen schreiend davon. Vor allem im Dunkeln. Und das schon, bevor er sich das Gesicht hatte tätowieren lassen. Er hatte auch echt lange gezögert, aber das verlieh ihm mehr Street Credit. Sein Studio war auf eineinhalb Jahre hin ausgebucht, und die Leute reisten sogar aus Süddeutschland an, um sich seinen Händen und seiner Nadel anzuvertrauen.

Fred schüttete ein halbes Glas *Pesto Diavolo* über die leblosen Nudeln. Er aß im Stehen.

»Also, ich hab sie ja nur kurz gesehen, aber ich prophezeie, die kriegst du nicht ins Bett«, erklärte Morty mit Überzeugung. »Die hat was Lehrerhaftes. Der bist du zu schräg.«

»Das weißt du doch gar nicht!« Fred sagte es mit vollem Mund. Allein aus diesem Umstand ließ sich schließen, wie sehr ihn das aufbrachte. Er kaute und schluckte und sagte: »Wir haben eine Connection. Wenn ich wollte, würde sie mit mir schlafen. Todsicher.«

»Willst du darauf wetten?«, sagte Morty, weil alte Freunde gern so einen Unsinn von sich geben.

Mit einem millionenschweren Erben wettet man natürlich nicht um Geld. Auch bei einem gut laufenden Tätowierstudio fiel nicht so viel Knete ab, dass es für einen schwerreichen Sprössling aus bester Familie interessant sein könnte. Darum wetteten sie immer um die Ehre.

»Ich schneide ihr aber keine Haarlocke ab oder schieße ein Foto von ihr im Bett!«, erklärte Fred.

»Dein Wort reicht mir.« Morty kannte seinen Freund. Der log nicht. Nie. Wer lügt, muss sich an seine Lügen erinnern, das war Fred zu aufwändig. Er sagte vielleicht nicht immer alles, was er wusste, aber lügen kam für ihn nie in Frage.

»Okay.« Fred nickte.

Er hätte mit Morty nicht gewettet, wenn es nicht ohnehin etwas gewesen wäre, was er sich sehnlichst wünschte. Und was Mia, falls es irgendwann dazu kommen sollte, nicht bereuen würde. Irgendwo tief in ihm drin wusste er natürlich, dass es trotzdem nicht in Ordnung war. Man wettete nicht um Frauen. Aber obwohl Fred einer von den Guten war, war er kein Heiliger.

»Super, abgemacht.« Morty stellte die leere Bierflasche in den Sammelkasten im Vorratsraum. »Ich muss dann los.«

»Ist heute nicht dein Ruhetag?«

»Ja, aber es ist Sturm angesagt. Und du weißt ja, wie ängstlich Schnucki auf Unwetterlagen reagiert.«

Schnucki war ein typischer Chihuahua. So etwas wie Angst kannte sie nicht. Nur einen tiefsitzenden Hass auf alles und jeden. Fred war sich sicher, dass Schnucki im Grunde ihres winzigen Herzens eine gnadenlose Killerin war – und sollte sie ihn je schlafend auf der Liege vor dem Haus vorfinden, würde sie ihm die Gurgel durchbeißen. Das würde bei ihren mikroskopisch kleinen Beißerchen allerdings so ewig dauern, dass er aufwachen und sie sich vom Hals reißen konnte. Aber sie hatte ihn schon einmal gebissen. Diese Zähne waren Waffen, keine Kauwerkzeuge. Fred würde bis ans Ende seiner Tage nicht verstehen, warum die generell gutmütigen Pitbulls als Kampfhunde eingestuft wurden, die durchweg boshaften Chihuahuas dagegen nicht.

»Und außerdem muss ich den Bullen das hier geben.« Morty hielt ein Band aus der Anlage seiner Überwachungskamera hoch. »Die wollen wissen, wer sich in den letzten Stunden hier herumgetrieben hat.«

Fred hatte sich die Nudeln einverleibt und stellte den

leeren Teller in die Spüle. »Ist wieder was gestohlen worden?«

Morty, der schon an der Tür stand, hielt inne. »Hast du das gar nicht mitbekommen?«

»Was?«

»Garstig wurde ermordet!«

Fred klappte der Mund auf. Mord? In seinem idyllischen Paradies? Wobei … wenn es schon jemand treffen musste, dann war Garstig nicht die schlechteste Wahl.

»Garstig ist ermordet worden?«, wiederholte er zur Sicherheit.

Morty nickte. »Du hast ja keine Überwachungskamera, oder?«

Fred schüttelte den Kopf. Seit Bücher außer Mode gekommen waren, gab es bei ihm nichts mehr, was sich für kriminelle Elemente zu stehlen lohnte. Manchmal ließ er sogar die Haustür offen.

»Ich seh mal zu, was ich in Erfahrung bringen kann.« Morty salutierte mit Zeige- und Mittelfinger an der Stirn. »Falls ich was Süffiges höre, komme ich wieder und erzähl's dir.«

Fred ging in seine Bibliothek und sah aus dem Fenster. Deswegen also der Aufmarsch an Offiziellen. Jemand hatte den alten Garstig gekillt! Fred pfiff lautlos.

Da vibrierte das Handy in der Brusttasche seines Overalls. Er zog es heraus.

»Mia!« Er hätte nie gedacht, dass man in drei Buchstaben so viel Gefühl legen konnte.

»Hi Fred.« Sie klang so nah, als würde sie neben ihm

stehen. Er bekam Gänsehaut. »Du … ich weiß, das ist viel verlangt, aber …«

»Was es auch ist, ich bin dabei!«, versprach Fred vollmundig. Und meinte es auch so. Zehntausend Euro in kleinen, nicht durchnummerierten Scheinen? Eine Niere? Sie konnte alles von ihm haben.

»Meine Schwester steckt fest. Wir haben doch gesehen, wie Pia mit dem Bus nach List gefahren ist. Jetzt kommt sie nicht mehr nach Westerland, weil sie kein Geld für die Rückfahrt hat. Könntest du sie abholen?«

Der Held in Fred warf sich den Supermannumhang um die Schultern. »Ich bin schon so gut wie dort!«

»Du erkennst sie an …«

»… an der LGBTQIA+-Regenjacke, ich weiß.«

»Sie sitzt in dem roten Wartehäuschen in der Hafenstraße.«

»Sie ist schon so gut wie wieder bei dir.«

Fred lief in die Küche, faltete das Hemdblusenkleid, steckte es in seine Messenger-Bag und eilte zum Wagen. Den man Gott sei Dank ohnehin nicht zu hundert Prozent aufladen sollte. Weil sonst die Lithium-Batterien platzten. Oder was auch immer. Mit der Technik hatte es Fred nicht so. Er warf die Tasche auf den Beifahrersitz, setzte sich hinters Steuer und fuhr los.

Eigentlich war es seine Absicht gewesen, in Superlichtgeschwindigkeit erst nach List und dann nach Westerland zu preschen, um Mia ein begeistertes »Wow, das ging ja schnell!« zu entlocken und sie somit seinen Annäherungsbemühungen gewogen zu stimmen.

Aber dann bog einer der Streifenwagen vor Garstigs Haus direkt vor ihm in die Landstraße, hinter dem er die ganze Strecke bis nach List hinterherzuckeln musste. Streng der vorgeschriebenen Richtgeschwindigkeit folgend. Hatte, was immer in List los war, kein Blaulicht verdient?

Von wegen Polizei, dein Freund und Helfer, dachte Fred, ausnahmsweise leicht erbittert. *Wohl eher Schneckentempo-Liebesglückverhinderer!*

**Unwetterwarnung des
Deutschen Wetterdienstes:
Warnstufe 2, Orange**

*Mit Starkregen sowie schweren und
orkanartigen Böen muss gerechnet werden.*

Kapitel 5

Kell isst ein Fischbrötchen,
Jorgensen reihert das Hafenbecken voll.

»Da isser.«

List auf Sylt – deutlich weniger umtriebig als Westerland, aber trotzdem alles da, was man so braucht: Boutiquen, Luxushotel, Genusstempel, Minigolfanlage und ein richtiger Hafen mit Fähranleger für die Schiffe nach Dänemark.

Und jetzt auch mit einer Leiche.

»Genau da isser«, wiederholte der alte Fischer, ohne dass die Zigarette in seinem Mundwinkel auch nur im Geringsten wackelte. Er zeigte mit dem Kinn zu der Stelle an der Hafenpromenade, wo ein Uniformierter am Geländer neben dem Treppenkopf stand. Schräg stand, weil er dem Wind trotzen musste.

Mit diesem ›da isser‹ meinte er jedoch nicht den Polizisten, der die weiträumige Absperrung rund um den Fundort sicherte, sondern das, was da vermutlich unten im Wasser dümpelte.

»Ich hätt ihn ja beigeholt, aber der junge Spund wollt das nicht zulassen«, erklärte er. Dann schob er die Zigarette – ohne Zuhilfenahme der Hände – vom Mundwinkel zur Mundmitte. Es roch nicht nur nach Zigarettenrauch, es roch auch nach Fisch, aber das musste nicht an ihm liegen. So gut wie alle Schaulustigen kauten an einem Fischbrötchen. Wenn man schon vor der Urmutter aller Gosch-Läden Katastrophentourismus betrieb, dann wollte man es sich wenigstens schmecken lassen.

Doch so sehr viele Gaffer gafften gar nicht. Es war ungemütlich geworden. Am Himmel veranstalteten dunkelgraue Wolken ein Wettrennen. Sie stoben nur so über die Köpfe hinweg. Der Wind zeigte ansatzweise schon sehr deutlich, was er draufhatte, und wenn er auch noch nicht den Schafen die Locken aus der Wolle blies – erst ab diesem Moment redeten die Einheimischen von Sturm –, so meinte Kell doch, ein Toupet vorbeifliegen zu sehen.

Ein zweiter Uniformierter kam auf sie zu, ebenfalls schräg gegen den Wind gelehnt.

»Moin.«

»Moin«, grüßten sie zurück.

»Wir haben also wirklich eine zweite Leiche?«, brummte Kell. Wobei die zeitliche Abfolge noch nicht gesichert worden war – vielleicht handelte es sich hier ja auch um die erste Leiche.

»Monatelang nichts, und dann gleich zwei auf einmal.« Polizeiobermeister Knut Filipovic schüttelte den Kopf. Seine ganze Enttäuschung über die Schicksalsgöttinnen lag in diesem Kopfschütteln. Wenn schon Leichen, dann doch bitte zeitlich gestreut, nicht alle auf einmal.

»Es sind immer drei«, brummte der Fischer.

Die Polizisten sahen ihn an.

»Ich mein ja nur, es sterben immer drei auf einmal.

Prominente, Touristen … immer drei.« Der Fischer zuckte mit den Schultern. »Kann ich dann wohl jetzt gehen?« Er hatte das müde, resignierte Gesicht eines Seniors, der im Leben nichts von dem erreicht hatte, was er sich als junger Mann vorgenommen hatte, und der weiß, dass sich das in der verbleibenden Lebenszeit auch nicht mehr ändern wird.

»Ihre Aussage muss noch zu Protokoll genommen werden, Herr Petersen«, sagte Polizeiobermeister Knut Filipovic, der optisch eine knackige Mischung aus Sylter Mutter und bosnischem Vater war. Und: »Das ist Broder Petersen. Er hat die Leiche entdeckt«, sagte er zu Kell und Jorgensen.

Ein Glatzkopf mit einem Klebeband auf dem Scheitel eilte an ihnen vorbei. Der gehörte dann wohl zu dem Toupet, das eben vorbeigeflogen war.

»Die Umstehenden schon fotografiert?«, erkundigte sich Kell. Man staunte, wie viele Täter sich als Schaulustige ausgaben, um sich an den Folgen ihrer Tat zu delektieren.

Filipovic nickte.

Jorgensen sah zur nördlichsten Fischbude Deutschlands. »Ich hab seit heute Morgen nichts gegessen. Ich hol mir rasch ein Fischbrötchen.«

»Für teuer Geld?« Petersen spuckte aus. Faszinierenderweise, ohne dabei auch die Zigarette durch die Luft zu katapultieren. Angesichts des Sturmwindes war sie schon längst ausgegangen, aber wie so viele Raucher war er nicht wirklich scharf auf den Nikotin-Kick, sondern auf das beruhigende Gefühl des Nuckelns. »Ich kann dir ein fangfrisches Rundstück überlassen. Für umsonst. Oder ist das Beamtenbestechung?«

Erst jetzt bemerkten sie das gehäkelte Einkaufsnetz, das ihm über die Schulter hing. Darin mehrere in Frischhaltefolie eingewickelte Fischbrötchen. Womöglich war es doch er, der nach Fisch roch.

»Nehm ich gern, danke.«

Kell und Filipovic gingen derweil auf die Absperrung zu.

Der Hauptkommissar nickte dem Anwärter zu, der das Tatortband über dem Treppenkopf hochhob. Häfelein strahlte. Trotz Sturm und Überstunden. Erst die Klimakleber, jetzt eine Leiche. Das volle Programm. Genau dafür war er zur Polizei gegangen!

Kell stieg die Stufen von der Promenade zum Kai hinunter. Die *Mina*, das Schiff von Petersen, gab jedes Mal knarzende Geräusche von sich, wenn der Wind sie gegen die Kaimauer driften ließ.

»Wir haben ihn zur Seite gezogen und an einem der Poller gesichert, damit er nicht von den Wellen weggespült oder von der *Mina* zerquetscht wird. Ansonsten haben wir alles belassen.«

Direkt vor der *Mina* dümpelte ein menschlicher Körper in einem Fangnetz. Das Netz schmiegte sich wie eine zweite Haut um die Leiche, die nur ›toter Mann‹ zu spielen schien. Kell hatte das in seiner Kindheit oft mit Freunden im Meer gemacht. Man schluckte eine Menge Wasser, aber wer es am längsten aushielt, hatte gewonnen und war der King. Toter Mann im Hallenbad zu spielen, war was für Weicheier und Touristen.

Gruseligerweise hatte der Tote die Augen weit aufgerissen. Er schien sie direkt anzusehen.

»Na ja, dass es sich nicht um einen Badeunfall handelt, sieht man sofort«, konstatierte Kell.

Die Leiche trug einen Dreiteiler mit Fischgrätmuster und Bügelfalten und eine goldene Uhr am Handgelenk. So ging man eher nicht zum Schwimmen.

Und dass der Mann nicht versehentlich von einem der Boote im Jachthafen oder von der Sylt-Fähre gefallen war, die laut Fahrplan – und sie fuhr immer ›Fährdammt pünktlich‹ – eben aus dem dänischen Römö kommend angelegt hatte, das schloss Kell aus der Tatsache, dass dem Toten die Kehle durchschnitten worden war. Eine tiefe, klaffende Wunde, die immer noch zu bluten schien.

Das liegt daran, dass immer wieder Wasser in die Wunde schwappt, dachte Kell. Aber unheimlich war es doch. Sogar für ihn als altgedienten Profi. Das postmortal fließende Blut, die Augen, die ihn anzustarren schienen – als ob der Tote wortlos um Hilfe flehte.

Jorgensen, der sich das Fischbrötchen quasi osmotisch am Stück einverleibt hatte, trat neben ihn.

»Kein schöner Anblick«, sagte er. Und rülpste.

»Petersen hat ihn übrigens erkannt«, warf Filipovic ein. »Es ist Rollo Törgesen.«

Kell richtete sich abrupt auf. »Wie bitte?«

»Sie wissen schon, der …«

»Ja, ich weiß!« Man musste Kell nicht erklären, wer

Rollo Törgesen war. Der Mann machte seit Wochen Negativ-Schlagzeilen. Seit er in der populärsten Talkshow der Republik die Fischereimethoden seiner Flotte nicht nur verharmlost, sondern auch noch leidenschaftlich verteidigt hatte.

»Aber ist die Schleppnetztechnik mit ihren oft kilometerlangen Netzen nicht eine Gefahr für die Artenvielfalt und den Meeresboden ...«

»Pillepalle! Fischpopulationen erholen sich wieder. Und der Boden sowieso. Sie reden doch nur der Agenda der Schneeflöckchengeneration nach dem Mund. Überfischung – das ist nichts weiter als ein Marketing-Schlagwort. Nachhaltige Bewirtschaftung der Fischbestände? Was soll das sein? Dass jeder Endverbraucher nur noch einzeln mit der Angel auf die Nordsee darf, um sich den Tagesbedarf aus dem Wasser zu holen? Albern! Deutschland braucht den Fisch!«

Seitdem verfolgten ihn investigative Journalisten ebenso wie Paparazzi. Gemeinsam hatten sie zu Tage gefördert, dass Törgesen massenweise Regierungs- und Kommissionsbeamte bestochen hatte, sonst wären ihm schon längst wichtige Lizenzen entzogen worden. Selbstverständlich bezahlte er seinen Leuten einen Hungerlohn. Und fast zwangsläufig kam auch noch heraus, dass seine Frau schon dreimal Zuflucht in einem Frauenhaus gesucht hatte. Zuletzt mit drei gebrochenen Rippen, einem blauen Auge und einer Gehirnerschütterung.

Dass dies ans Licht kam, ärgerte ihn fast am meisten. Weil er zwar aus einer armen Bauernfamilie stammte, in der Gewalt zur Tagesordnung gehörte, aber er sich diszipliniert in gesellschaftliche Höhen geschraubt hatte, in denen dergleichen nach außen nicht mehr vorzukommen hatte. Nichts fürchtete er mehr, als seinen Status als Maker und Shaker zu verlieren.

Aber nun musste es heißen: Nichts *hatte* er mehr gefürchtet. Denn jetzt dümpelte er ja tot in dem Meer, dessen Untergang er so fleißig betrieben hatte.

Kell kam spontan zu dem Schluss, dass es sich hier um eine politische Tat handeln musste.

»Heute geht's rund«, sagte da der Gerichtsmediziner, der die Reste von Garstig in die Rechtsmedizin geschickt hatte und sich nun voll und ganz Törgesen widmen konnte. »Wunderbar, noch ein Fall mit Pfiff. Heute ist mein Glückstag!« Er sah erst zu der durchschnittenen Kehle von Törgesen, dann zu Jorgensen, der mit grünem Gesicht an dem Poller lehnte.

»Was ist los, Jasper? Kannst du kein Blut sehen?« Bechstein grinste.

Jorgensens Oberkörper zuckte konvulsivisch.

»Jasper?« Bechstein trat auf ihn zu.

Filipovic und Kell sahen zu ihrem Kollegen.

Jorgensens Schultern gingen im Stakkatorhythmus vor und zurück.

Filipovic erinnerte das an die Szene in dem Film *Alien*. Würde gleich ein mörderischer Extraterrestrischer von innen Jorgensens Brust aufstemmen und zusammen mit Blut und Eingeweide wie ein Schachtelteufelchen herausspringen?

Aber nein, Jorgensen beugte sich nur zur Seite und kotzte sich die Seele aus dem Leib.

Dummerweise beugte er sich nicht zur Promenaden-, sondern zur Wasserseite. Folglich erbrach er das Fischbrötchen, das der alte Petersen ihm überlassen hatte, direkt auf die Leiche.

»Och nö!«, schimpfte der Gerichtsmediziner.

Filipovic grinste.

Kell hob nur die Augenbrauen. *Shit happens.* Entgegenkommenderweise hatte der Wind genau in diesem Moment eine Pause eingelegt. Sonst hätten die Fischreste womöglich noch viel Schlimmeres angerichtet. Beispielsweise ihn getroffen.

»'tschuldigung, Chef!« Jorgensen sah zu Kell und wischte sich mit dem Handrücken über den Mund.

Kell stieg die Stufen zur Promenade hoch. Oben stand Fischer Petersen und guckte, wie immer, völlig reglos.

»Schade um den Fisch«, meinte er nur.

Jorgensen folgte Kell. »Hast du nicht gesagt, der Fisch sei fangfrisch!«, fauchte er den Fischer an.

Petersen nickte. »Habe ich gerade mitgebracht.«

»Und wie lange warst du draußen?«

Petersen zuckte mit den Schultern. »Eine Woche.«

Eine Woche ohne Kühlschrank auf der alten *Mina*? Kein Wunder, dass sich Jorgensen Innereien geweigert hatten, diesen Fisch zu verdauen.

»Kann es sein, dass sich das Netz mit dem Toten schon weiter draußen an der *Mina* verfangen hat?«, wollte Kell wissen.

»Nee. Hätt ich gemerkt.«

Etwas blitzte auf. Kell schaute streng. Es war aber kein Vertreter der Presse, auch kein Hobbyfotograf, der Leichenbilder im Darknet verticken wollte, es war ein echter Blitz.

»Vielleicht hat ein anderes Boot das Netz in den Hafen mitgeschleppt?« Kell dachte nur laut.

Jorgensen rülpste. »Sorry.« Der Abstoßungsprozess war noch nicht ganz vorüber.

»Nee«, antwortete Petersen auf Kells Frage. »Der ist zu schwer. Der wär untergegangen wie ein Stein. Den hätten wir nie wiedergesehen.«

»Hm.« Kell drehte sich zur Leiche und Bechsteins Rücken. »Dann ist er also hier im Hafen ermordet worden?«

Bechstein richtete sich auf. »Hör mal, Enno, der ist noch frisch. Maximal seit einer Stunde tot. Eher weniger.«

Sie sahen sich an.

»Knut«, sagte Kell zu Filipovic. »Hol dir Verstärkung. Meinetwegen auch alle, die der Hafenmeister zusammentrommeln kann. Keiner darf das Hafengelände verlassen!«

Filipovic winkte Häfelein zu sich, und gemeinsam rannten sie los.

»Glaubst du wirklich, der Mörder ist noch hier?«, fragte Bechstein.

Kell brummte. »Falls ja, darf er uns jedenfalls nicht durch die Lappen gehen.« Er sah zum Jachthafen, zu den Hafengebäuden, zur Ladenzeile.

Petersen brummte ebenfalls. Nach einer Woche auf See wäre er jetzt gern zu Hause. Auch wenn dort niemand auf ihn wartete.

»Bei der Tatwaffe tippe ich auf ein Messer«, sagte Bechstein. »Im Zweifel brauchen wir Polizeitaucher.«

»Ist gut«, sagte Kell, obwohl nichts gut war. Zwei Leichen mit hohem Bekanntheitsgrad und auf den ersten Blick keine Verdächtigen. Oder besser gesagt, zu viele Verdächtige.

Kell sah zur Straße. Zwei weitere Streifenwagen trafen ein. Damit waren sie am Limit. Fünfundfünfzig Beamte leisteten in der Hochsaison ihren Dienst auf der Insel. Aber natürlich nicht alle zeitgleich, sondern in Schichten. Er hätte mindestens die doppelte Anzahl gebraucht.

Einer der frisch eingetroffenen Kollegen kam auf Kell zugelaufen. »Die ersten Bilder aus den Überwachungskameras in Kampen. Es ist zum Tatzeitpunkt nur eine Person auffällig.«

»Danke.« Kell besah sich die Ausdrucke. Lauter grobkörnige, menschenleere Aufnahmen des Ortes. Nur auf einem Foto sah man eine Gestalt, bei der es sich mit hoher Wahrscheinlichkeit um eine junge Frau handelte. Eine junge Frau in einer mehrfarbig gestreiften Regenjacke. »Moment mal, wo hab ich die schon gesehen?«

Kell sah auf.

Die Kollegen hatten die Schaulustigen zwar nicht wie Schafe zusammengetrieben, aber doch dafür gesorgt, dass alle in die diversen Bewirtungsbetriebe einkehrten. Und die Hafenausfahrt war ebenfalls gesichert.

»Natürlich!«, rief Kell. »Im Wartehäuschen an der Bushaltestelle Hafenstraße!«

Kapitel 6

Mia wird zur Amazone,
Fred friert.

»Hi, ich bin Fred. Ich soll dich abholen«, rief Fred aus dem heruntergelassenen Beifahrerfenster ins rote Buswartehäuschen.

Er hatte nicht erwartet, dass Pia aufspringen, freudig »Mein Retter!« rufen und im Zustand größter Verzückung in sein Auto steigen würde, aber so gar keine Reaktion zu zeigen, war schon komisch.

Sie blieb merkwürdig eingefallen, mit verschränkten Armen, sitzen. Die Unterlippe vorgeschoben. Schmoll-Modus.

Der Wind heulte. Vielleicht hatte sie ihn nicht gehört?

»MIA SCHICKT MICH. ICH SOLL DICH NACH HAUSE BRINGEN!«, brüllte er über das Tosen hinweg.

Pia schaute noch unwirscher. Immerhin stand sie jetzt auf, schlurfte zum Wagen und beugte sich vor. »Ich steige doch nicht zu einem Halbnackten ins Auto. Wetten, du trägst unter deinem Einteiler keine Unterwäsche? Eklig. Wie so'n Pädo.«

Fred grinste. »Sorry, bin kein Pädo und habe auch keine Schokolade dabei, um dich in den Wagen zu locken. Aber ich habe Sitzheizung.« Er kannte sich mit Frauen aus. Eine Sitzheizung war an einem ungemütlichen Tag wie heute Gold wert.

Pia zögerte dennoch.

»He, wir haben uns vorhin am Strand gesehen. Ich bin der Typ mit der Taucherbrille. Ruf doch Mia an, wenn du unsicher bist.«

»Mein Akku ist alle«, sagte Pia. Der Wind blies ihr die Kapuze vom Kopf und etwas Weiches an die Schläfe. Es mochte ein Stück Moos vom Dach des Wartehäuschens sein. Oder Möwenkacke.

Pia kletterte in den Wagen. »Was soll's, dann fahr ich halt mit einem Fremden mit.« Sie legte den Sicherheitsgurt an.

Fred fuhr los.

Sie schwiegen. Pia kauerte auf dem Sitz, die Arme wieder verschränkt. Auf Fred wirkte sie wie ein schmollender Teenager. Sie bemerkte seinen Blick.

»Was?«, zischte Pia.

»Nichts.« Fred grinste.

Es gibt kaum etwas, das Schlechtgelaunte mehr enerviert als ein fröhliches Grinsen. Folglich war Pia genervt.

»Der Busfahrer hat mich rausgeworfen, weil ich nicht mehr genug Geld für die Fahrkarte hatte. Wie schäbig ist das denn, bitte schön! In einer wirklich lebenswerten Welt wäre der öffentliche Nahverkehr für umme!«

Aus den Augenwinkeln warf Fred einen Blick auf Pia. Sie sah ihrer Schwester Mia kein bisschen ähnlich. Vielleicht kam sie nach dem Vater und Mia nach der Mutter? Nur an dem wilden Gestikulieren, für das sie dann doch die Arme entschränkt hatte, merkte man die Familienähnlichkeit. Aufregen ohne Fuchteln ging nicht.

»Normalerweise hilft doch immer einer der anderen Fahrgäste mit 'nem Euro aus?« Fred kannte sich aus. Er hatte oft kein Münzgeld dabei, und jederzeit und überall und auch im Bus mit Kreditkarte zu zahlen, so weit war man hierzulande noch nicht.

»Ja genau, darauf hab ich mich verlassen, aber dann nölte der verkackte Busfahrer: ›Ich kenn dich, Kleine, du bist eine von diesen Klimafuzzis. Selber fahren willst du, aber anderen sitzt du im Weg.‹« Sie imitierte – nicht mal schlecht – einen Bassbariton. »Der hat gleich Stimmung gegen mich gemacht. Und dann hat er mir die Bustür vor der Nase geschlossen. Depp!« Sie schnaubte.

Fred fand, dass man keine so wahnsinnig bunte Regenjacke mit hohem Wiedererkennungswert tragen sollte, wenn man als kontroverse Aktivistin unter dem Radar fliegen wollte, aber das sagte er nicht. »Nimm's als Kompliment. Du bist markant!«

Eine heftige Windböe erfasste den Kleinwagen und hob ihn beinahe von der Straße.

»Huch!«, entfleuchte es Fred, der jedoch erfolgreich gegensteuerte.

Pia verkrallte sich am Haltegriff über der Tür.

Sie kamen an Kampen vorbei. Es entging Fred nicht, dass Pia krampfhaft in Richtung Meer, nicht in Richtung Ortschaft schaute.

»Alles in Ordnung?«, fragte er.

»Ja. Was soll sein?« So angespannt, wie Pia das sagte, war nichts in Ordnung.

»Keine Ahnung, sag du's mir.« Fred ließ nicht locker.

Unter anderem, weil er Gesprächspausen nicht gut aushielt.

»Vielleicht läuft bei mir gerade nicht alles ganz rund.« Sie umklammerte immer noch den Haltegriff.

Fred, der womöglich zu viel philosophische Populärliteratur gelesen hatte, philosophierte: »Wir schwimmen alle im See des Lebens. Manchmal fängt das Wasser an zu brodeln. Das ist ätzend. Aber kochendes Wasser macht Kartoffeln weich, Eier macht es hart.«

»Willst du mir damit sagen, dass ich eine Kartoffel bin? Dass ich nicht so ein Softie sein soll?« Pia sah ihn stirnrunzelnd an.

»Aber nein.« Fred musste wieder gegensteuern. Und die Scheibenwischer-Taktung eine Stufe höher stellen. Das Wetter machte langsam ernst. »Ich will damit nur sagen, dass man flexibel reagieren sollte. Manchmal muss man härter werden, manchmal weicher und fluffiger. Du entscheidest.«

Pia rollte mit den Augen.

Eine Zeitlang waren nur der Sturm und das Quietsch-Quietsch der Scheibenwischer zu hören.

»Woher kennst du Mia?«, fragte Pia.

»Gar nicht. Wir haben uns vorhin am Strand getroffen. Ich habe ihr trockene Kleider zum Wechseln gegeben.«

Mittlerweile hatten sie Kampen hinter sich gelassen – so groß war das berühmteste Dorf Deutschlands ja nicht.

Pia musterte ihn. »Und du bist ganz sicher kein Perverser?«

Fred schürzte die Lippen, als ob er darüber nachdenken würde. Dann grinste er. »Du bist vor mir sicher.« Er sah rasch zu ihr hinüber. »Aber ich mag deine Schwester.«

»Mia?« Pia lachte schallend auf. »Kannst du dir abschminken. Die steht auf richtige Männer. Mit Anzug und Job.«

»Ich kann auch Anzug«, erklärte Fred, der in der Tat mehrere Maßanzüge aus seiner Zeit als BWL-Student im Schrank hatte.

»Kannst du auch Job?«

»Klar. Ich bin Antiquar. Kein gelernter, aber ein praktizierender. Du musst mal in meinem kleinen Reich vorbeikommen. Es ist mein heimlicher Stolz, dass ich bislang immer das richtige Buch finden konnte. Für alle.«

Gut, dass Pia nicht nachhakte. Fred war durchaus bewusst, dass er kein richtiger Buchhändler war. Auch kein richtiger Antiquar. Wenn überhaupt, dann war er eher ein Buchverschenker. Für ihn war das kein Ausbildungsberuf, sondern eine Herzenssache. Das richtige Buch mit dem richtigen Menschen zusammenzubringen, das war seine Mission.

Ob er sich Visitenkarten mit diesem Aufdruck zulegen sollte? *Fred Rollo Mencksen V – macht Bücher und Menschen glücklich.*

Seit er Mia getroffen hatte, machte er sich plötzlich Gedanken um seine Zukunft. Das sah ihm gar nicht ähnlich. Er lebte immer ganz im Hier und Jetzt.

Den Rest der Strecke schwiegen sie.

Fred sinnierte, ob er aus dem Nebel der eigenen Ur-suppe einen praktikablen Weg finden konnte, um seine größte Liebe – Bücher – so unter die Menschen zu bringen, dass es auch wirtschaftlich halbwegs Sinn machte.

Und Pia hatte viel zu verdauen. Im Gegensatz zu Fred hatte sie sich bereits für einen sinnstiftenden Lebensweg entschieden. Aber der war knallhart. Und jetzt könnte er ihr möglicherweise sogar zum Verhängnis werden. Sie wusste sich gerade ehrlich nicht zu helfen.

Sturmbedingt herrschte kaum Verkehr. Doch obwohl dieses Mal kein Streifenwagen vor ihm herfuhr, konnte Fred nicht nach Lust und Laune aufs Gas treten. Dazu waren die Böen zu unberechenbar. Und er wollte Pia heil bei ihrer Schwester abliefern. Alles andere wäre der potenziell aufkeimenden Zuneigung abträglich gewesen. Und er hatte eine Wette zu gewinnen.

Fred fand schräg gegenüber dem Friedhof der Heimatlosen einen Parkplatz und stieg aus. Das Mehrfamilienhaus, vor dem er Mia vorhin abgesetzt hatte, lag gleich um die Ecke.

»Was soll denn das werden?«, rief Pia.

»Ich komm mit rein. Ich habe das Kleid deiner Schwester dabei.«

»Das kann ich ihr geben.« Pia streckte die Arme aus.

»Schon okay, ich mach das gern.« Fred konnte auch hartnäckig.

Pia rührte sich nicht von der Stelle. »Hubertus hat nicht gern Fremde in der Wohnung.«

Ein Argument, das er fröhlich entkräften konnte. »Ich bin kein Fremder, ich bin Fred.«

Er ging zum Eingang.

Pia zottelte hinterher.

Die WG lag im obersten Stock des Hauses, mit Blick aufs Meer. Bei den gängigen Mietpreisen auf Sylt alles andere als ein billiges Vergnügen, auch wenn es sich mehrere teilten. Ob Papa von Dobenstein seinem Sprössling die Wohnung gekauft hatte? Als Wertanlage? Und nahm Kultführer Hubertus Miete von seinen Jüngern und Jüngerinnen?

Fred riss sich zusammen. Er war voreingenommen. Das war sonst nicht seine Art.

Pia schloss auf.

Von einem langgezogenen Flur gingen drei Schlafzimmer und ein Badezimmer ab. Am anderen Ende kam man in einen loftartigen Wohn- und Kochbereich. Alles weitgehend unmöbliert. Keine Garderobe, keine Betten, nur Matratzen mit Schlafsäcken, kein Tisch, keine Stühle. Das Insel-Hauptquartier der ›Letzten Tage‹ war offenbar nur temporär – oder man frönte dem Hardcore-Minimalismus.

Fred zählte im Wohnbereich sieben Klimakämpfende. Die alle auf dem Boden saßen oder lagen.

Die Wohnung war ein Chaos aus Rucksäcken, Kleidungsstücken, Schuhen, Tellern mit veganen Essensresten, einer Ukulele, Strickzeug und einem Verlängerungskabel mit Mehrfachsteckdosen.

»Leute, das ist Fred.« Und weil ihre Schwester nicht

zu sehen war, rief sie laut: »Mia, dein Buchhändler ist da.«

»Ich komme!«, schallte es aus dem Bad.

Aus dem Tohuwabohu an Menschen und Sachen erhob sich ein großgewachsener Mann und trat auf Fred zu.

Was Fred in blond und blauäugig war, das war sein Gegenüber in schwarzhaarig und grünäugig. Ein Hingucker. Ein Augenschmaus. Kurzum: ein schöner Mann. Nur dass Fred seine schulterlangen, leicht welligen Haare offen trug, während der andere seine Locken im Kurzhaarschnitt favorisierte.

Da Fred ebenfalls einen Schritt auf den Platzhirsch zuging – alle anderen im Raum waren weiblichen Geschlechts –, wirkte es einen Moment lang so, als würde es gleich ein Duell um die Vorherrschaft geben. Zwei Zwölfender, die um Terrain und Hirschkühe kämpften.

Aber dann streckte der Dunkelhaarige nur friedlich die Hand zur Begrüßung aus. Sie schüttelten sich die Hände.

»Hubertus.«

»Fred.«

»Pia!«

Letzteres rief Mia, die aus dem Bad angelaufen kam und ihre Schwester umarmte. »Ich hab mir echt Sorgen um dich gemacht!«

Pia stand stocksteif da. Sie umarmte nicht zurück. Und blieb stumm.

Eine der jungen Frauen, eine bezopfte Rothaarige, legte ihr Strickzeug zur Seite und erhob sich. »Wir haben gerade Gemüsepfanne gegessen. Es gibt noch reichlich. Nur die vegane Sahne ist aus. Wollt ihr was?« Sie ging zum Herd und zeigte auf eine der Pfannen. »Ich bin übrigens Thea«, sagte sie zu Fred.

Pia schüttelte den Kopf. »Ich kann jetzt nichts essen.«

»Sehr gern«, meinte Fred, der immer essen konnte.

»Ich mach's dir noch mal warm. Und spüle dir schnell einen Teller. Die sind bei uns abgezählt.«

»Dann kau wenigstens was, damit dein Körper beschäftigt ist«, sagte Mia zu ihrer Schwester und nahm eine eckige Kaugummiverpackung von einem schmalen Regal an der sonst regal- und bilderfreien Wohnzimmerwand. Auf der Packung stand in fetten Lettern **plastikfrei**. »Ingwer-Kurkuma, deine Lieblingssorte.«

»Du hörst mir nie zu!«, moserte Pia. »Ich kaue ausschließlich Eukalyptus-Lakritz! Von Ingwer-Kurkuma krieg ich Pickel.«

Der Alpha des Rudels hatte lange genug geschwiegen. Hubertus sah zu Fred und fragte: »Du willst dich uns anschließen?«

Im Gegensatz zu Fred – der nichts weiter als seinen Einteiler und Flipflops trug – war Hubertus nachgerade overdressed. Leinenhose, weites Leinenhemd, Espadrilles. Alles in Cremeweiß. So konnte ein Klimakämpfer also auch aussehen. Oder wollte er sich später undercover im Tennisclub einschleichen?

»Danke«, sagte Mia und berührte Fred kurz am Unterarm. Er bekam Gänsehaut.

»Äh, was?«, fragte Fred, weil Hubertus ihn so intensiv anstarrte, dass es beinahe Brandlöcher in die Haut zu geben schien.

»Du willst dich uns anschließen?«, wiederholte Hubertus.

»Großer Gott, nein!« Fred merkte selbst, dass das zu heftig war. »Sorry, was ich sagen wollte, war: Ich find's gut, wenn man sich einsetzt. Aber für mich ist das nichts.« Er hob entschuldigend die Schultern. »*I'm a lover not a fighter!*«, zitierte er Michael Jackson.

»Oh, *The Girl is Mine!*«, juchzte eine der Frauen. »Ich bin Larissa. Ich bin Musikerin.« Sie griff sich die Ukulele und spielte den Refrain des Songs. Fred wippte im Takt mit.

Hubertus wirkte angemifft.

»Fred hat Pia aus List geholt«, erklärte Mia.

»Aha«, meinte Hubertus. Es klang abfällig. »Eine Erweiterung der Familienzusammenführung. Mia, es ist okay, wenn du hier ein paar Nächte pennst, aber für noch einen, der bei uns nicht mitmachen will, ist die Bude zu klein.«

»Hubertus hat die Wohnung extra für uns gekauft. Er lebt den Kampf!«, rief eine der Frauen. Sie hatte eine Stentorstimme. Und war gebaut wie ein Bauarbeiter. Ein besonders stämmiger Bauarbeiter. »Hi, ich bin Jasmin.« Sie winkte Fred zu.

Er winkte zurück und sagte zu Hubertus: »Keine Sorge, ich habe meine eigene Bude in Kampen.«

Insgeheim fragte er sich, warum Hubertus von Dobenstein von allen Hubertus genannt wurde. Hatte er keinen Spitznamen? Oder wenigstens einen kurzen Kampfnamen? Wie Hubsi. Oder Dobi.

»In Kampen?« Hubertus schürzte die Lippen. »Einer von den reichen Müßiggängern, die die Zeichen der Zeit nicht erkennen? Schampus schlürfen, bis ihnen die Welt um die Ohren fliegt?«

Fred war nicht der Einzige mit Vorurteilen.

Aus den Augenwinkeln bekam er mit, wie Mias Wangen eine leichte Röte überzog. Hielt sie ihn ebenfalls für einen Müßiggänger? War er ihr peinlich?

»Ich meine nur, dass es immer welche gibt, die an vorderster Front um notwendige Änderungen kämpfen, und andere, die zu Hause die Stellung und den Laden am Laufen halten.«

»Du bist also einer, der den Status quo halten will!« Hubertus spuckte das förmlich aus.

Fred wischte sich einen imaginären Spucketropfen von der Schulter. »Protest ist immer auch ein Zeitgeistphänomen. Zu allen Zeiten haben nachfolgende Generationen gekämpft, nur wogegen man kämpft, das ändert sich – früher zum Beispiel gegen die Atomkraft.«

»Und? War's erfolgreich? Schau dir doch die Atomkraftwerke und die Atom-U-Boote an! Früher ging's um Show.«

Fred meinte lapidar: »Also, wir hätten heute auch atomgetriebene Kaffeemaschinen haben können. Haben wir aber nicht. Ich sehe da schon einen gewissen Erfolg unserer protestierenden Altvorderen.«

Mia stieß ihn mit dem Ellbogen an.

Hubertus ging gar nicht auf Freds Einwurf ein: »Wir sind die Ersten, die den Staat und die Gesellschaft wirklich in die Knie zwingen. Die selbst Risiken auf sich nehmen!«

Fred meinte sich zu erinnern, dass eine seiner Tanten mütterlicherseits sich gegen die Castor-Transporte an Bahngleise gekettet hatte, aber das behielt er für sich.

»Hier, das sind unsere Strafbefehle«, rief eine andere Frau mit fingerdicken Brillengläsern und hielt drei gelbe Umschläge in die Luft.

»Und wer bist du?«, fragte Fred lächelnd.

»Leonie!« Sie lächelte zurück.

Hubertus ging zu einem deckenhohen Fenster, öffnete es und zog die Schlaufe, die am Griff baumelte, über einen Haken an der Wand. Damit der Wind das Fenster nicht wieder zuschlagen konnte. Eine sinnvolle Maßnahme. Der Wind heulte munter, und das Meer war übersät mit kleinen Schaumkrönchen.

Hubertus stellte sich mittig vor das offene Fenster.

»Stürme«, rief er über das Brausen des Windes hinweg und zeigte mit dem Arm nach draußen, »Überschwemmungen, Dürre, Rekordtemperaturen, Gletscherschmelze – wenn wir jetzt nicht handeln, wird es kein Morgen mehr geben! Wir müssen die Menschen aufrütteln. Unser Kampf muss weh tun! Nur so begreift die Politik, dass die Zeit des Redens vorbei ist. Es muss gehandelt werden. Radikaler Aktivismus ist unsere einzige Chance aufs Überleben!«

Die jungen Frauen schauten schmachtend zu Hubertus auf. Nun gut, sie saßen auf dem Boden, er stand. Da konnte man ja nur aufschauen. Aber sie hatten alle ein Funkeln in den Augen. Als wenn sie an etwas Bedeutendem teilhätten.

Nur Jasmin schaute nüchtern. »Wie damals die Suffragetten!«, warf sie ein.

Hubertus ignorierte sie. »Das Schiff sinkt, wir sind diejenigen, die Alarm schreien. Und trotzdem ändert das Schiff nicht seinen Kurs. Im Gegenteil, es gibt welche, die empören sich darüber, dass unsere Alarmrufe zu schrill seien. Oder sogar unnötig, weil sie die Klimakrise leugnen. Dabei werden wir alle – wir alle! – die Apokalypse am eigenen Leib miterleben, wenn sich der Kurs nicht ändert! Das Schiff steuert auf den Abgrund zu! Wir müssen die Brücke stürmen und das Ruder herumreißen! Wir alle zusammen, basisdemokratisch!«

Der Wind blies sein Leinenhemd auf und wirbelte seine kurzen Locken durcheinander. Den linken Arm hielt er immer noch nach oben gereckt.

Fred fragte sich, für wen diese Showeinlage gedacht war. Da alle Mädels bereits hingebungsvolle Followerinnen waren, konnte dieser Monolog ja nur ihm gelten. Und die hier gelebte Basisdemokratie stieß an ihre Grenzen, wenn die Basis einen aus ihrer Mitte pubertär-verzückt anschmachtete. Mia hatte recht: Das war keine Gruppe gleichberechtigter Menschen mit identischen Zielen. Das waren Jüngerinnen biblischen Ausmaßes, die Hubertus ansahen wie einen Propheten, dem sie mit

Palmblättern Luft zufächeln, den sie mit parfümiertem Öl massieren und von Hand mit Weintrauben füttern wollten.

»Wir sind die ›Letzten Tage‹«, donnerte Hubertus, seinem Prophetenimage gerecht werdend, »und wir kämpfen mit Haut und Haaren für eine neue Weltordnung, für eine überlebensfähige Erde, für gesellschaftliche Teilhabe, für die Zukunft der Menschheit.«

Fred fand, dass jetzt genug monologisiert worden war und man Hubertus ein bisschen die Luft ablassen musste.

»Ich war mit deiner Schwester im Internat«, wechselte er das Thema. »Sie hat oft von ihren Brüdern erzählt. Warst du der Bettnässer oder der, der mit Katapulten auf Eichhörnchen geschossen hat?«

Hubertus lief knallrot an.

Die Frauen sahen entsetzt zu Fred.

»Schon gut, er geht.« Mia packte Fred an seinem Overall und zog ihn erst in den Flur, dann weiter ins Bad. »Hör zu, ich bin dir dankbar, dass du Pia eingesammelt hast, aber du musst es uns hier nicht unnötig schwermachen. Hubertus hört sich gern reden, aber er glaubt wirklich an das, was er tut.«

»Manchmal reitet mich einfach ein kleines Teufelchen.« Fred, der die ganze Zeit über Mias Hemdblusenkleid in der Hand gehalten hatte, reichte es ihr. »Hier bitte. Und apropos Teufelchen: Ich habe mit meinem Kumpel Morty gewettet, dass ich dich ins Bett kriege.«

»Entschuldigung, wie bitte?« Mia riss ihm das Kleid

förmlich aus den Händen. Dass sie ihn nicht sofort damit erdrosselte, wertete er als gutes Zeichen.

»Ich spiele immer mit offenen Karten. Ich mag dich und würde dich gern wiedersehen. Aber ich spiele keine Spielchen, darum sage ich dir ganz offen, ich habe gewettet. Es war nicht meine Idee, sondern die von Morty, dem alten Hund, aber ja, ich habe gewettet. Nicht, damit ich eine Kerbe in den Bettpfosten schnitzen kann, sondern … weil ich in deiner Nähe Gänsehaut bekomme.«

Mia, die neugierig einen Blick in das Schlafzimmer geworfen hatte, nachdem sie sich in seinem Bad aus den nassen Klamotten geschält hatte, wusste, dass das Bett pfostenlos war.

»Du hast Gänsehaut, weil du bei aufkommendem Sturm nichts weiter trägst als einen Overall«, meinte Mia nüchtern und profan. Aber sie lächelte.

»Ich will so unwiderstehlich für dich werden, dass du freiwillig in meine Arme sinkst.«

»Sehenden Auges in die Katastrophe?«

Fred grinste selbstbewusst. »Es wird ganz sicher keine Katastrophe. Ich bin erfahren, einsatzfreudig, und ich gehe gern auf alle Wünsche ein.«

Wider besseres Wissen musste Mia grinsen. »Du bist vollkommen verrückt.«

Fred war happy. Es lagen genug Waffen im Badezimmer herum, mit denen sie ihm den finalen Garaus hätte bereiten oder ihm wenigstens ein Auge ausstechen können – Kleiderbürste, Nagelschere, Rosenholzstäbchen zum Nagelhautzurückschieben, Korkenzieher – Korkenzieher? Korkenzieher! –, aber sie hatte nur gelächelt und ihn für verrückt erklärt. Er witterte seine Chance!

Da klingelte es an der Wohnungstür.

»Ich geh schon«, rief die Letzte aus der Runde, die sich Fred noch nicht vorgestellt hatte. Da sie ein sichtlich selbstgebatiktes T-Shirt mit dem Aufdruck JULE trug, ging er davon aus, dass es sich bei ihr um Jule handelte.

»Guten Abend, wir suchen Pia Elbel«, sagte eine Stimme, die eindeutig als Beamtenstimme im Dienst zu identifizieren war.

Mia und Fred lugten um die Ecke. Sie wussten es in diesem Moment noch nicht, aber sie bekamen Besuch von Polizeiobermeister Filipovic und Polizeianwärter Häfelein.

Es hatte nicht nur Nachteile, wenn so eine Insel von einer überschaubaren Truppe an Exekutivbeamten betreut wurde. Polizeianwärter Häfelein hatte sich sofort gemeldet, als er hörte, dass eine Frau in einer regenbogenbunten Jacke gesucht wurde. Er hatte sie am Vormittag selbst gesehen. Sie gehörte zu den ›Letzten Tagen‹ und hatte sich zwar nicht an die Straße geklebt, aber mit ihrem Handy alle Vorgänge gefilmt. Falls die Polizei, also er, übergriffig geworden wäre. Und mit diesem Wissen war es ein Leichtes, sie anhand der polizeilichen Datenbank als Pia Elbel zu identifizieren. Wo die momentan meistgehassten Leute der Insel wohnten, war ebenfalls kein Geheimnis. Und so standen die beiden jetzt hier.

Jule drehte sich um und sah durch den Flur zu Pia. Die immer noch ihre regenbogenbunte Jacke trug.

Man könnte sagen, es sei letzten Endes die Schuld von Hubertus gewesen. Hätte er für seinen bühnenreifen Monolog nicht das Fenster sperrangelweit geöffnet – warum eigentlich? Hitzewallungen wegen Bluthochdruck? –, dann hätte Pia ihre Regenjacke nicht anbehalten. So aber wurde sie von Polizeiobermeister Filipovic sofort als die Person erkannt, wegen der er hier war. Zügig schritt er auf sie zu. »Sind Sie Pia Elbel?«

Häfelein eilte zügig hinterher. Falls er Rückendeckung leisten musste.

Pia sah zu Mia, die sofort zu ihrer Schwester lief und den Arm um ihre Schultern legte.

»Das ist meine Schwester Pia«, bestätigte Mia. »Was wollen Sie von ihr?«

Filipovic achtete nicht auf sie. »Gehört Ihnen die Regenjacke, die Sie tragen?«, fragte er Pia.

Die nickte.

»Dann muss ich Sie bitten, mich zu begleiten.«

»Halt, nicht so schnell«, rief Hubertus. Er wollte sich vor Pia stellen, was Polizeianwärter Häfelein jedoch verhinderte, indem er ihm in den Weg dribbelte.

»Die erkennungsdienstliche Behandlung ist verpflichtend angeordnet«, sagte Filipovic, mit einer Stimme, die keinen Widerspruch duldete.

»Aber … warum?«, rief Mia. Die es rasend machte, dass der Beamte sie dezidiert ignorierte.

Pia sagte nichts, starrte nur stumm auf den Parkettboden.

»Frau Elbel, Sie haben sich heute zum Zeitpunkt zweier Tötungsdelikte am Tatort beziehungsweise in unmittelbarer Nähe befunden.«

Ein ungläubiges Raunen lief durch den Raum. Sogar Hubertus raunte mit. Nur Fred nicht, er war kein Rauner.

»Wenn ich dann bitten dürfte?« Filipovic trat zur Seite und wies mit dem Arm zur Tür. Pia ging los.

»Ich komme mit!«, erklärte Mia. »Das ist mein Recht als Schwester!«

Filipovic nickte.

Zu viert marschierten sie aus der Wohnung.

Die anderen sahen ihnen fassungslos nach.

»Mord?«, hauchte Larissa. Sie schaute auf ihre Ukulele, als wolle sie gleich den *Gefangenenchor* aus *Nabucco* darauf intonieren.

»War nett, euch alle kennenzulernen«, verabschiedete sich Fred und lief Pia und ihrer Eskorte hinterher.

»Aber das Gemüse wär jetzt warm!«, rief Thea ihm nach.

Fred folgte dem Streifenwagen.

Wegen eines umgefallenen Baumes, die Feuerwehr war schon im Räumeinsatz, musste der Streifenwagen einen Bogen fahren. Und so kam er an einer der Rufsäulen auf der Insel vorbei, die an wenigen ausgewählten Locations die Telefonzellen von früher ersetzt hatten.

Hätten die vier im Streifenwagen dafür Augen gehabt und wären nicht mit sich und ihren Gedanken beschäftigt gewesen, hätten sie ihn vielleicht gesehen, den Mann mit Vokuhila-Frisur, der just in diesem Moment ein Taschentuch über die Sprechmuschel legte.

Gehört hätten sie wegen des Windes aber auf keinen Fall die folgenschweren Worte: »Ich weiß, was Sie getan haben.«

Fred hörte sie natürlich auch nicht. Aber er sah ihn. *Ach, der Bruns,* dachte er, *was will der denn hier?*

Kapitel 7

Fred fängt an,
Bruns hört auf.

Wie nicht anders zu erwarten, fuhr der Streifenwagen zum Revier. Fred fuhr so langsam, dass eine Schnecke ihn hätte überholen können, und sah zu, wie die beiden Beamten Pia und Mia als lebender Windschutz dienten, während die Frauen ins Haus gingen. Weil er hier nichts mehr tun konnte und ihm langsam kalt wurde, fuhr Fred in Richtung Kampen.

Es kam selten vor, dass Sylts Straßen in der Hauptsaison derart menschenleer waren, aber bei dem Sturm ging nur noch aus dem Haus, wer wirklich musste.

In der Villa Garstig waren immer noch alle Fenster hell beleuchtet, aber es tummelten sich dort deutlich weniger Beamte und Autos als zuvor.

Fred stellte den Wagen ab, ging in sein Schlafzimmer und überlegte kurz, was er anziehen sollte. Er entschied sich für seinen golddurchwirkten, flamingorosa Brokatanzug. Gemäß dem gerahmten Motto in seinem Ankleidezimmer: *Dress for the party and the party will come to you.* Fred war nicht das, was man einen künstlerischen Menschen nennen würde: Er konnte nicht malen, nicht komponieren, nicht bildhauern und keine Rezepte kreieren. Aber Kunst war ja nicht etwas, was man tat, sondern was man lebte. Fred lebte Kunst am Körper. Das konnte so minimalistisch sein wie der Onesie, der jetzt über dem Stuhl neben dem Bett lag – immerhin ein maßgeschneiderter Overall von seinem Designerfreund Manolo aus Milano –, oder so prachtvoll-barock wie sein Brokatanzug. Zu dem er ein goldenes Jacquardhemd wählte. Dazu rosa Loafers, natürlich ohne Socken.

Als er sich im Ganzkörperspiegel musterte – perfekt! –, sah er durch die offene Schlafzimmertür den Hocker im Bad. Mias Strickjacke! Ein Grund mehr, sie wiederzusehen.

Die arme Mia. Mitzuerleben, wie die eigene Schwester von der Polizei abgeführt wird. Wenn er nur wüsste, wie er ihr helfen könnte. Und wer war der zweite Tote, von dem der Polizist gesprochen hatte?

Es gab in ganz Kampen, wenn nicht gar auf ganz Sylt, nur einen Menschen, der die Antwort wissen konnte. Weil er hier geboren war und Gott und die Welt kannte. Und weil er mit ausnahmslos allen auf gutem Fuß stand. Morty Müller!

Fred nahm zwei Flaschen Flens aus dem Kühlschrank und schlenderte zum Haus seines Freundes. Die vertraute Abkürzung führte durch den Garten und war an einem Tag wie diesem, wo ein ausgewachsener Sturm nahte, nicht ungefährlich. Die Äste der kleingewachsenen Bäume schlugen nach ihm, und der Wind blies ihm Grünzeug ins Gesicht.

Fred schaffte es dennoch unbeschadet zu Mortys Häuschen.

Klingeln musste er nicht, es gab ja Schnucki.

Kleinhunde haben ja allgemein eine gewisse Neigung zum Kläffen. Chihuahuas tun sich diesbezüglich besonders hervor. Und von allen Chihuahuas kläffte Schnucki am meisten. Nicht ununterbrochen vierundzwanzig Stunden lang. Manchmal wurde sie heiser, dann hielt sie die Klappe. Wenn sie nur gekläfft hätte, wäre das noch kein Weltuntergang gewesen. Nervig, aber na gut. Doch nein, Schnucki war auch eine Verbeißerin. Ihr allein war das Talent vorbehalten, sich so in Hosenbeine zu verbeißen, dass man sie nicht wieder herauslösen konnte, ohne Teile vom Stoff mitzuentfernen – und dabei dennoch kläffen zu können. Immerhin war dann das Kläffen gedämpft.

So wie jetzt. Kaum hatte Morty die Küchentür geöffnet, da hing Schnucki schon an Freds Brokathosenbein. Ihre Zähnchen hinterließen dabei winzige Löcher. Aber Fred hatte eine Schneiderin in Morsum, die mit Nadel und Faden wahre Wunder wirkte. Es störte ihn daher nicht weiter, dass er mit Hund am Bein in die Küche trat und sich an den Küchentisch setzte.

»Und? Wette schon gewonnen?« Morty folgte ihm und setzte sich ihm gegenüber.

»Nope. Bier?« Eine rhetorische Frage. Das berühmte Plop ertönte. Zwei Mal.

Morty setzte die Flasche an die Lippen und dann gleich wieder ab. »Bin ich Troja?«

Weil Fred nur vorbeikam, wenn er etwas wollte, bezeichnete Morty ihn gern als ›Griechen mit Geschenken‹.

Nach Petersens *Troja* – sein Lieblingsfilm – hatte er unbedingt herausfinden wollen, ob in der Vorlage, also in

Vergils *Aenaeis*, der Held Achilles auch so buschige Achselhöhlenhaare hatte wie Brad Pitt im Film. Spoiler: Hatte er nicht.

Fred lauschte. Aus dem Wohnzimmer hörte man einen Sportschaumoderator.

»Störe ich?«

»Nee, die verlieren wieder.« Morty nahm einen großen Schluck. Es war sein Schicksal, einem Fußballverein zu folgen, der es sich auf der Verliererschiene so richtig gemütlich gemacht zu haben schien. »Was willst du?«

»Ich habe gehört, der Garstig war heute nicht das einzige Mordopfer?« Fred tat bewusst uninteressiert.

Morty setzte die Flasche ab und beugte sich vor. Schlagartig wirkte er begeistert. »Ist das nicht der Hammer? Zwei Morde an einem Tag!« Sein Gesicht verdüsterte sich. »Schlimm für die Familien, klar.« Sein Gesicht strahlte wieder auf. »Aber zwei Morde!«

Fred kratzte sich am Ohr. »Wer war denn die zweite Leiche? Weiß man das?«

Morty zwinkerte. »Man vielleicht nicht, ich aber schon. Die Biggi hat's mir erzählt.«

Biggi war eine von Mortys vielen Exen und arbeitete im Harbor Store.

»Man hat einen Mann aus dem Hafenbecken gefischt. Er steckte in einem Fangnetz. Mit durchschnittener Kehle.«

Morty lehnte sich wieder zurück und nahm noch einen Schluck Bier. »Und du errätst nie, wer der Mann ist!«

Das war der Preis, den man für Mortys Informationsfülle zu zahlen hatte. Ratespiele. Wenn man sagte, ›Jetzt erzähl schon!‹, machte er dicht. Man musste tatsächlich raten.

»Jemand Wichtiges …«

Morty nickte.

»… aus der Gemeindevertretung?«

Morty schüttelte den Kopf. »Ganz kalt.«

»Jemand Wichtiges vom Festland.«

»Noch kälter.«

»Jemand Wichtiges hier auf Sylt?«

»Warm.«

An manchen Tagen konnte das Stunden so weitergehen. Wenn Fred es eilig hatte, so wie jetzt, wandte er Trick 17 an: So schlimm danebenraten, dass Morty es nicht mehr aushielt und die Antwort herausposaunte.

»Nicht der Barbier, der dir deinen Schädel rasiert und den Bart stutzt? Sag, dass es nicht Ali ist!«

»Nee, Quatsch! Rollo Törgesen!«

Freds Augenbrauen schossen nach oben. »Der Fisch-Typ?«

Morty schnalzte mit der Zunge. »Yep. Zwei Promis. Und du weißt, was das heißt? Die sterben immer zu dritt!« Er leerte seine Flasche.

»Der Fisch-Typ!«, wiederholte Fred. In einem Comic hätte jetzt eine Glühbirne über seinem Kopf aufgeleuchtet. »Umweltschweine!«, rief er.

»Öhm … was?«

»Umweltschweine!« Fred sprang auf. Schnucki an seinem Hosenbein wackelte.

»Das ist das verbindende Element! Der Törgesen mit seinen Schleppnetzen und der Garstig mit seiner Giftmüllverklappung. Deswegen haben sie Pia und ihre Klimaschutztruppe auf dem Schirm.«

Fred lief zur Tür.

»Ey«, rief Morty ihm nach, »der Hund bleibt hier!«

Mittels Bestechung – ein Mini-Treat für einen Mini-Hund, Geschmacksrichtung Huhn mit Pastinake – gelang es ihm, Schnuckis Beißerchen aus dem Brokat zu lösen.

Fred eilte durch den Garten zurück zu seinem Haus, wobei er einen Ast an die Schläfe bekam, aua, und dann weiter zu seinem Allerheiligstem, dem Antiquariat-Schrägstrich-Wohnzimmer. Nicht aus einem der Regale, sondern aus einer Kiste auf dem Boden mit dem Aufdruck ›Die Muss weg-Kiste‹ zog er einen fetten Schinken mit dem Titel *Unser Klima ist stabil, nur das Wetter ändert sich.* Von einem dubiosen Typen namens Dr. Dr. Jakob Onkolus, dessen Name bei der Google-Suche nichts hergab. Außer, dass sein Buch im Selbstverlag erschienen war. Jemand hatte das Buch in der Grabbelkiste entsorgt, die an sonnigen Tagen immer vor Freds Gartentor stand.

Jetzt marschierte er damit zur Villa Garstig und klingelte an der Haustür.

Ein junger Polizist öffnete. »Ja?«

»Ich bin Fred Mencksen. Ich wollte zu Vanessa.«

Der Polizist hatte kein Pokerface. Sämtliche Gedanken, die ihm beim Anblick von Fred im Brokatanzug durch den Kopf schossen, spiegelten sich eins zu eins in seinem Gesicht. Ein Bestatter. Ein schwuler Bestatter. Ein schwuler Partymacher. Ein Partymacher, der die Beerdigung organisieren soll. »Äh …«

Fred griff hilfreich ein. »Ich bin der Antiquar von gegenüber. Ich wollte ihr dieses Buch bringen.«

Die Spurensicherung war so weit fertig, dachte der Beamte jetzt, warum also nicht. »Sie ist in der Küche. Einmal quer durch die Halle und dann rechts.«

»Danke, ich kenne mich hier aus.«

Fred, der sich nicht auskannte, weil er noch nie hier gewesen war, schritt mit der ganzen Sicherheit, die ihm der Brokatanzug verlieh, durch die Halle.

In der Küche saß eine schlanke Frau, ein schnurloses Telefon in der einen Hand, ein volles Gin-Tonic-Glas in der anderen. Sie sah auf.

»Ich möchte zu Vanessa«, sagte Fred.

»Ich bin Vanessa. Vanessa Löb. Was kann ich für Sie tun?«

Fred stutzte. Das war nicht – wiederhole: nie – die Frau, die er seit einem guten dreiviertel Jahr als Vanessa, kurz Vana, kannte. Nicht wirklich persönlich, abgesehen von einem »Moin!« hie und da, wenn man sich beim Bäcker oder auf der Straße traf. Aber dafür optisch: weil sie immer oben ohne im Garten sonnenbadete. Und Fred durchaus den einen oder anderen Blick riskierte.

»Äh …«, stammelte er, wie eben der Polizist an der Tür.

Sie legte das Telefon aus der Hand, stellte das Glas ab

und erhob sich. »Kannten Sie meinen … kannten Sie Robbi?«

Das gab den Ausschlag. Die Vanessa, die er kannte, hatte immer *Rooobert* gesagt: »Mein Rooobert möchte bitte drei Franzbrötchen.« Oder »Rooobert, reibst du mir den Rücken ein?«, wenn er am Wochenende zu einer Stippvisite vorbeikam.

Fred, der nicht auf den Kopf gefallen war, zählte eins und eins zusammen. Das hier war eine andere Vanessa, die aber auch Ansprüche hatte. Um in keinen Fettnapf zu treten, sagte er: »Herr Garstig hat dieses Buch bei mir bestellt. Und auch schon bezahlt. Ich wollte es der Richtigkeit halber vorbeibringen.«

»Ein Buch? Mein Robbi hat nicht gelesen. Nie.«

»Vielleicht eine berufliche Anschaffung?«

Vanessa Löb lachte auf. »Höchstens, um damit einen der Dauerprotestierenden vor seinem Bürohaus zu erschlagen.« Sie setzte sich wieder und nahm das Telefon zur Hand. »Man denkt immer, gleich ruft er an, und alles war nur ein böser Streich. Aber es war kein Streich …« Ihre Stimme verlor sich.

Die Küchentür ging auf, und der junge Polizist vom Eingang verkündete: »Ihr Therapeut ist da.«

Ein jovialer Herr, der aussah wie Hans-Joachim Kulenkampff zu seinen besten Zeiten und ein kariertes Sakko wie dunnemals Peter Frankenfeld trug. Fred liebte das Fernsehen der frühen Bundesrepublik, deswegen waren ihm diese beiden Moderatoren ein Begriff. YouTube sei Dank. Nichtsdestotrotz wirkte der Mann ein wenig aus der Zeit gefallen. Wobei einer, der ein auffällig kariertes Sakko trug, kein schlechter Mensch sein konnte. Fand Fred in seinem auffälligen Brokatanzug.

»Frau Löb!« Der Therapeut eilte zu ihr, nahm ihre Hand und schien ihren Puls zu fühlen. »Wie geht es Ihnen?«

Vanessa Löb erhob sich. »Es geht. Es muss ja. Aber ich bin froh, dass Sie hier sind.« Sie sah zu dem Polizisten. »Danke schön.« Sie entließ ihn mit einer weiterwinkenden Geste, wie die Herzoginwitwe auf Downton Abbey. Der Polizist ging.

Vanessa Löb sah zu Fred. »Das ist Herr …«

»Mencksen«, stellte Fred sich vor. »Antiquar.«

Falls der Therapeut sich fragte, was ein Antiquar in der Küche einer frischgebackenen Witwe – wenn auch ohne Trauschein – zu suchen hatte, ließ er sich das nicht anmerken. »Dr. König. Ich bin … war der Therapeut von Herrn Garstig.«

»Sind Sie von hier?«, fragte Fred, obwohl er sicher war, einen Inselfremden vor sich zu haben. Die echten Einheimischen kannten sich, wenn vielleicht auch nur vom Hörensagen.

»Nein. Ich gönne mir hier eine kleine Auszeit. Aber bei Notfällen ist man natürlich immer ansprechbar.«

Garstig war kein Notfall mehr, dachte Fred, dessen Bedarf an Ansprechpartnern hatte sich erledigt.

Er sah von König zur Witwe. Stand Trauerbegleitung von Angehörigen im Therapievertrag? Im Kleingedruckten auf der Rückseite?

Versierter Psychotherapeut, der er war, ahnte König, was Fred dachte. Er verschränkte die Arme und setzte sein Pokerface auf. Nicht einmal tausend Folterknechte vom Kaliber eines Torquemada würden ihn dazu bringen, seine ärztliche Schweigepflicht zu brechen.

Das erledigte Frau Löb für ihn. »Ich bin ebenfalls bei … äh … Doktor König in Behandlung. Ich habe ihn angerufen.« Sie drehte sich zu ihm. »Ich hoffe, es war nicht vermessen von mir, Sie im Urlaub zu stören? Aber als Ihre Praxisgehilfin sagte, Sie seien gerade auf Sylt, da war das wie ein Zeichen des Himmels!«

»Überhaupt kein Thema, Frau Löb.« Er entschränkte die Arme. Seine Stimme troff nur so vor serviler Dienstfertigkeit. So sprach einer, der den Höchstsatz pro Stunde laut Gebührenordnung für Psychotherapeuten ansetzen würde. Plus Zuschlag für außerhalb der Sprechstunden entstandene Leistungen. Sowie natürlich Wegegeld.

»Ja, dann gehe ich mal wieder. Mein Beileid, Frau … äh … Löb.« Fred ging zur Tür.

»Wollen Sie das Buch nicht hierlassen? Es ist doch schon bezahlt!«, rief sie ihm nach.

»Natürlich.« Fred legte den Klima-Wälzer auf die Anrichte. Er deutete eine förmliche Verbeugung an – Nachwirkungen des Elite-Internats – und ging.

Zügig schritt Fred zur Haustür.

Der junge Polizist war nicht mehr zu sehen.

Als Fred die Tür hinter sich schließen wollte, sah er – noch im Licht der Lobby – etwas auf dem Boden liegen, halb im Gras, halb auf den Fliesen des Gehwegs. Der

Wind hatte es nur deswegen noch nicht weggepustet, weil es sich unter dem Sockel eines der beiden steinernen Feng-Shui-Löwen verfangen hatte, die den Eingang bewachten. Es war eine Kaugummiverpackung. **Plastikfrei**, stand in fetten Lettern darauf. Fred sah sich um. Seitlich, vor dem Poolbereich, werkelten zwei Männer in Zivil, aber keiner achtete auf ihn. Vorsichtig drehte er sie mit der Fußspitze um. »Eukalyptus-Lakritz«, las er ab.

Pias Lieblingskaugummimarke.

Scheiße, dachte Fred. Pia war in List gewesen, als man Törgesen aus dem Hafen fischte. Er hatte sie selbst dort abgeholt. Und wenn das Kaugummischachtel-Indiz nicht täuschte, dann war sie nicht nur in Kampen gewesen, als Garstig starb, sondern sogar hier vor seiner Villa. Womöglich auch darin?

War sie die Mörderin?

Er würde sich hüten, einen möglichen Beweis zu entsorgen, aber er schob die Kaugummischachtel mit der Schuhspitze weiter unter den Löwensockel. Bis sie so gut wie nicht mehr zu sehen war, schon gar nicht, wenn man nicht wusste, dass sie da war.

Fred atmete aus. Er konnte und wollte nicht glauben, dass Mias Schwester eine Mörderin sein sollte. Waren es nicht immer die Partner oder Partnerinnen? Genau, wo war eigentlich die Kampener Gespielin von Garstig? Wo war die Vanessa, die er kannte? Die Oben-ohne-Sonnenanbeterin?

Noch auf dem Weg zu seinem Haus zog er sein Handy aus der Jackentasche. Wenn er Holmes war, dann war Morty Watson.

»Was?«, meldete sich sein Freund.

»Du weißt doch bestimmt, wo ich die Freundin von Garstig finden kann.«

»Bin ich Hellseher?«

Fred schnaubte. »Nicht jetzt im Moment. Mehr so grundsätzlich.« Dass es in der Villa Garstig derzeit eine Vanessa gab, die nicht diese Vanessa war, behielt er erst mal für sich. »Und keine Ratespiele. Es ist dringend!«

»Frag doch die Anastasia. Bei der hat sie in der Boutique ausgeholfen. Wie hat sie die gleich wieder genannt? Irgendwas mit Famm und Fatal. In Westerland.«

»Perfekt!«, rief Fred. »Danke, Watson!«

»Danke wer?«

Da hatte Fred sein Handy schon wieder weggesteckt. Und nur wenige Minuten später fuhr er zum dritten Mal an diesem Tag nach Westerland. So oft kam er sonst die ganze Woche nicht in die Inselmetropole.

Sein Weg führte ihn auch wieder am Polizeirevier vorbei. Ob Mia und Pia noch befragt wurden?

Er hielt nicht an. Ihn lockte die *Femme fatale*.

Darum sah er auch nicht, wie eine alte Frau mit Kopftuch und Kittelschürze – dem Wind trotzend – vor das Revier trat. Es war die Mutter von Securitymann Paul-Walter Bruns. Sie war zu diesem Zeitpunkt schon kinderlos. Aber das wusste sie noch nicht.

Kapitel 8

Frau Bruns sucht ihren Sohn,
Herr Kell findet ihn.

»Wer ist hier zuständig?«

Gertrud Bruns schnappte sich den ersten Polizisten, der das Pech hatte, die Stufen vor dem Eingang zum Revier genau in dem Moment hinunterzusteigen, als sie eintraf.

Das Revier war gerade in den schmucken Klinkerbau zurückgezogen, der energetisch saniert worden war. Keine Container unter dem Fernsehturm mehr für die Polizei der Insel.

Der Beamte öffnete den Mund, kam aber nicht zu Wort.

»Ich brauche Hilfe. Es geht um Leben und Tod!«

Gertrud Bruns, klein und gedrungen, in Kopftuch und Kittelschürze, hatte das Glück, an eine liebenswerte Großmutter zu erinnern. Sie roch auch nach Kindheit und Wohlbefinden. Nicht zuletzt deshalb, weil sie als Köchin im nahe gelegenen Altenheim arbeitete und bis eben dort die Sonntagskuchen gebacken hatte. Frau Bruns nannte ihre Arbeitsstätte immer ›Greisenasyl‹. Ein Begriff, in den sie sich bei einem Österreich-Urlaub spontan verliebt hatte, als sie kurz vor der Einfahrt in den Bahnhof Innsbruck an der Fassade eines Gebäudes las: KAISER FRANZ JOSEF JUBILÄUMS GREISENASYL. Sollten allerdings die betuchten Senioren, die viel Geld dafür löhnten, um auf dem schönen Sylt ihrem Ende entgegenzuwarten, jemals hören, wie Gertrud Bruns von Greisenasyl sprach, würde sie vermutlich fristlos entlassen werden.

Die Oma-Aura, das Fluidum von Keksen und Kinderliebe täuschte, sie war ein rabiater Besen, und Kinder mochte sie sowieso nur, wie W.C. Fields sie mochte, nämlich ›gut durch und mit viel Soße‹. Aber es war schon zu spät. Der Beamte war bereits gnädig gestimmt, und anstatt einfach mit dem Daumen in Richtung Anmeldung zu zeigen, sagte er: »Kommen Sie mit.«

An einem Tag, an dem zwei Leichen – zwei! – gefunden worden waren, noch dazu prominente Leichen, lief es verständlicherweise etwas chaotischer ab als sonst. Es gab viel zu organisieren. Aber das Leben ging ja weiter.

Die Anmeldung wurde an diesem Abend von einer jungen Polizistin betreut, die auf den großmütterlichen Charme nicht hereinfiel. Sie wusste, dass so gut wie alle Kollegen und Kolleginnen rund um die beiden Tötungsdelikte eingesetzt waren. Und als sich noch dazu herausstellte, dass die Kittelschürzen-Omi die Mutter von Paul-Walter Bruns war, der vor gerade mal einer Stunde auf dem Revier seine Aussage im Mordfall Garstig gemacht hatte, wurde die Beamtin hellhörig und informierte Hauptkommissar Jorgensen.

Dem hatte Rechtsmediziner Bechstein nach der Spei-Affäre ›fauler Fisch‹ eine Pause und viel Flüssigkeit verordnet, darum saß er an seinem Schreibtisch, nuckelte an einer Elektrolytlösung und erledigte den Schreibkram, den Leichen zu verursachen pflegten. Eigentlich hatte er die Klima-Aktivistin befragen wollen, die an beiden Tatorten gesehen worden war, aber die verweigerte auf Anraten ihrer Schwester die Aussage, solange sie nicht mit ihrem Anwalt gesprochen hatte. Er hatte noch eingewendet, dass sie nicht verhaftet worden sei, nur zur Befragung vorgeladen, aber die Frauen beharrten auf ihrem Rechtsvertreter. Und da der erst aus Niebüll anreisen musste – was bei dem stürmischen Wetter dauern konnte –, hieß das für ihn ersatzweise: Papierkram.

Die junge Polizistin von der Anmeldung führte Frau Bruns ins Büro und rückte ihr einen Stuhl zurecht. Frau Bruns nahm Platz. Kerzengerade, kittelgeschürzt, bekopftucht und mit der Handtasche auf dem Schoß. Wie einem Loriot-Sketch entstiegen.

»Mein Sohn ist verschwunden«, fing sie an.

Es ist ein hartnäckiger Rechtsirrtum, dass man vierundzwanzig Stunden warten müsse, bis man eine Person als vermisst melden könne. Wenn gute Gründe bestehen, sich um Leib und Leben des Vermissten Sorgen zu machen, dann ging das auch sofort.

»Sie sind …«

»Gertrud Bruns. Köchin von Beruf. Im Grei… im Altenheim hier um die Ecke. Ich wohne mit meinem Sohn in Morsum. Direkt an den Gleisen. Unsere Familie ist mit dem Damm gekommen. Mein Urgroßvater hat mitgeholfen, ihn zu bauen. Und hat sich hier ein kleines Häuschen gekauft.« Sie nannte es ein *lüttes Hus.* »Dort wohnen wir immer noch. Mein Sohn und ich. Bruns, der Name. Mein Urgroßvater hieß Wilhelm.«

Die Familiengeschichte wäre damit geklärt, dachte Jorgensen. Zur Zeit des Hindenburgdammes angesiedelt. Sie Köchin, Sohn Securitymann und Noch-bei-Mama-Wohner.

»Ihr Sohn war gerade bei uns, Frau Bruns«, sagte er. »Seit wann vermissen Sie ihn denn?«

»Seit danach, natürlich! Davor ja wohl nicht.« Sie schaute ihn misstrauisch an. »Sind Sie schwer von Kapee?« Sie wirkte, als wolle sie gleich nach einem kompetenteren Beamten verlangen, der seinen Dienst nicht so begriffsstutzig versah.

»Mein Paulchen hat mich angerufen. Das muss gewesen sein, als er von Ihnen wegging. Er klang ganz besorgt. Mama, hat er gesagt, da will mir einer ans Leder.« Ihr brach die Stimme. Sie schluchzte nicht, aber ihr Gesicht verzog sich wie bei einem Astronauten, der einer Beschleunigung von 4g ausgesetzt wird. Aber eher würde sie an einem Blutegel lutschen als an einem Zitronendrops, bevor sie in der Öffentlichkeit Gefühle zeigte. »Mama, hat er noch gerufen, Mamaaa, dann war die Verbindung tot!«

»Schon gut, Frau Bruns. Wir kümmern uns!«

Jorgensen hatte vor nicht einmal zehn Minuten die Abschrift von Bruns' Aussage gelesen. Er hatte angegeben, nichts gesehen zu haben. Entweder hatte er gelogen und der Mörder war jetzt hinter Bruns her, oder es gab andere Leute, die ihm an den Kragen wollten.

»Hat Ihr Sohn Feinde?«, fragte er.

»Mein Sohn hat keine Feinde!«, brüllte Frau Bruns. »Er ist ein herzensguter Junge, den alle mögen!« Sie schob die Unterlippe vor. Nur um gleich darauf zu sagen: »Ja gut, mit dem Fiete hatte er wohl ein paar Probleme. Das ist sein Partner bei der Sicherheitsfirma. Sie drehen immer zusammen ihre Runden. Fiete hat wohl behauptet, mein Paulchen schulde ihm noch Geld. Stimmt schon, mit Geld kann mein Junge nicht so gut. Es ist oft Ebbe, obwohl er doch so eine gute Stelle hat.« Sie seufzte. »Bei Fiete habe ich angerufen. Aber der liegt krank im Bett und sagt, er weiß von nichts. Den müssen Sie aber überprüfen!«

»Machen wir.« Jorgensen nickte. »Hatte Ihr Sohn sonst noch Schulden?«

»Nur bei der Bank.«

Wer hat die nicht, dachte Jorgensen.

»Kann es nicht sein, dass Ihr Sohn nach seiner heutigen Erfahrung nur etwas trinken wollte? Und vielleicht einen über den Durst getrunken hat? Wo kehrt er denn normalerweise ein?«

»Mein Sohn trinkt nicht! Er kennt nur seine Arbeit und mich!«

»Aber …«

»Mein Sohn ist ein guter Junge. Ich höre ihn oft spät nach Hause kommen, aber nur, weil er Überstunden machen muss.«

Cleveres Kerlchen, dachte Jorgensen, erst nach Hause gehen, wenn Mama schon im Bett liegt, damit sie die Alkoholfahne nicht riecht.

Sie wirkte nicht wie eine Frau, der man ein X für ein U vormachen konnte. Aber wenn es um den eigenen Sohn ging, hatten ja viele Mütter einen blinden Fleck.

»Ich habe auch bei seinem Chef angerufen«, fuhr Frau Bruns fort. »Er sagt, er weiß nicht, wo mein Paulchen ist. Und die Bille habe ich angerufen. Mit der hatte mein Paulchen mal was. Ist schon zehn Jahre her, aber trotzdem. Die haben nicht zueinander gepasst, das war mir gleich klar. Die hat mir tatsächlich mal Plastikblumen geschenkt. Plastikblumen! Ich bitte Sie!«

Frau Bruns störte nicht die mangelnde Nachhaltigkeit und auch nicht die Tatsache, dass die Meere in Plastikmüll versinken, sie war vielmehr der festen Überzeugung, dass ordentlich erzogene Menschen nur echte Blumen mit von der Natur vorgegebenem Verfallsdatum verschenkten.

»Keine Kinderstube, die Bille.« Sie schüttelte den Kopf. »Ich sage Ihnen, die Welt geht vor die Hunde. Niemand erzieht seine Kinder mehr richtig. Was soll nur werden?«

»Also, Frau Bruns …«

»Sie müssen meinen Jungen suchen gehen! Sofort!« Eben noch über den Zustand der Welt philosophiert, jetzt auf Tempo gemacht. Frau Bruns konnte das.

In diesem Moment klopfte es, und ohne eine Antwort abzuwarten, wurde die Tür geöffnet.

Es war Hauptkommissar Kell. Er war bis auf die Knochen durchgefroren und hatte nur schnell einen heißen Tee trinken und sich die Strickjacke aus seinem Büro holen wollen, als ihm die junge Polizistin am Empfang erzählte, der Zeuge im Mordfall Garstig werde vermisst.

»Was höre ich da? Herr Bruns ist verschwunden?«

Jorgensen stand auf. »Das ist die Mutter von Herrn Bruns. Er hat sie angerufen und gesagt ...«

»Mama, da will mir einer ans Leder, hat er gesagt«, unterbrach ihn Mutter Bruns. »Mama, hat er gerufen. Mamaa ...« Sie presste sich den Handrücken vor den Mund.

»Schon gut, Frau Bruns, wir kümmern uns ...«, fing Kell an, kam aber nicht weiter.

»Sie müssen Paulchens Handy orten!«, gellte Frau Bruns und schlug mit der Faust so fest auf die Schreibtischplatte, dass die diversen Stifte darauf den Tango tanzten.

Kell, der beim Eintreten nur den schwachen Duft von Marmorkuchen wahrgenommen hatte und sie irrtümlich für eine liebe, alte Dame gehalten hatte, zuckte zusammen.

Jorgensen kannte sie schon länger und zuckte mit keiner Wimper.

»Ihr Sohn hat Sie von seinem Handy aus angerufen?«, fragte er.

»Ja doch!« Sie öffnete den Schnappverschluss ihrer Handtasche, zog ihr Mobiltelefon heraus und rief die Seite mit dem Anrufprotokoll auf.

Jorgensen war nicht auf den Kopf gefallen. »Sein Anruf war der letzte auf Ihrem Handy. Sagten Sie nicht, Sie hätten noch mit seinem Kollegen, seinem Chef und seiner Ex telefoniert?«

»Doch nicht von meinem Handy. Vom Festnetz im Büro von der Altenheimleitung. Ich verbrate doch meine hundert Freiminuten nicht für so was.« Dass die Altenheimleitung es generell nicht gern sah, wenn das Personal Privatgespräche vom offiziellen Apparat aus führte, verstand sich von selbst, aber dann hätte die Altenheimleitung nicht so früh Feierabend machen sollen, um es vor dem Sturm rüber nach Dagebüll zu schaffen, wo die Altenheimleitung wohnte. Dachte Frau Bruns.

»Mein Junge hat immer gesagt, wenn man jemand sucht, muss man nur sein Handy orten. So einfach. Ich bin seine Mutter, ich gebe Ihnen die Erlaubnis!«

Kell überlegte.

»Paulchen schwebt möglicherweise in Lebensgefahr!« Sie schrie es fast.

»Bruns war in Geldnöten«, deutete Jorgensen an.

Jemand, dem das Wasser bis zum Hals stand, hatte womöglich keine Skrupel, das, was er wusste, der Polizei vorzuenthalten und es lieber dem Täter zu verkaufen.

Die Männer sahen sich an.

»Orten Sie das Handy!«, bellte Frau Bruns.

»Machen Sie es so«, sagte Kell zu Jorgensen.

Der setzte sich mit dem Netzbetreiber in Verbindung, um sich die Standortdaten von Bruns geben zu lassen.

»Kann ich Ihnen etwas zu trinken anbieten?«, fragte Kell in der Zwischenzeit, weil Mutter Bruns sehr erhitzt wirkte. Rot wie ein Hummer.

Sie schüttelte nur den Kopf.

Es ging schneller, als man gemeinhin denken würde. Aber wenn man auf etwas wartet, bekommt die Zeit ja immer eine hohe Viskosität. Will heißen, sie wird zähflüssig wie Zuckersirup.

Jorgensen kam mit dem Bewegungsprofil zurück. »Wir haben die Zeitachse und den Standortverlauf.«

Kell nickte.

Frau Bruns presste die Handtasche an die Brust.

Jorgensen hatte den Verlauf ausgedruckt. »In den letzten zwei Stunden wurde er einmal hier bei uns angepingt, dann einmal hier ...« Sein feister Finger kam an der Stelle der Karte zum Liegen, wo sich eine Rufsäule befand. »... und derzeit ist sein Handy dort.« Der Finger wanderte weiter. Auf Samoa kam er zum Halten.

Nicht die Inselgruppe Samoa im südwestlichen Pazifik. Samoa auf Sylt.

Wieder tauschten die Männer einen wissenden Blick.

»Mein Junge am FKK-Strand?« Frau Bruns stand auf. Die Handtasche immer noch wie ein Schild vor dem Busen. »Niemals! Ein Nackedei hat ihm das Handy geklaut!«

Weil Jorgensen immer noch wächsern aussah, sagte Kell: »Sie bleiben hier bei Frau Bruns. Ich fahre hin.«

Ein Streifenwagen brachte Kell nach Rantum, zum letzten georteten Aufenthaltsort von Bruns' Handy. Sylt galt bei vielen als Hochburg für textilfreies Baden. Es gab acht ausgewiesene FKK-Strände, aber im Grunde wurde das Nacktbaden überall toleriert.

Wäre es jetzt ein lauer Sommerabend gewesen, hätten sich Kell und der uniformierte Kollege am Strand durch ein Meer aus menschlichen Leibern fädeln müssen, aber bei diesem Wetter war niemand unterwegs. Nicht einmal die Möwen. Nur das Donnern der Wellen und das Heulen des Windes waren zu hören.

»Da!«, sagte der Uniformierte und deutete auf etwas Längliches, Unförmiges weiter vorn im Sand. Noch im Sand, musste man sagen. Nicht mehr lange, und das Meer würde es für sich einfordern. Die Wellen waren nur wenige Zentimeter davon entfernt. Das Wasser schwappte bereits in Kells Schnürschuhe

Sie stapften, gegen den Wind gestemmt, darauf zu.

Kell erkannte die Vokuhila-Frisur sofort wieder. Obwohl sie jetzt blutverkrustet war.

Auf den ersten Blick ging Kell davon aus, dass man Bruns erschlagen hatte, ähnlich wie Garstig. Ob der Mörder gerade unterwegs war, um eine Plane und Bleichmittel zu holen? Unwahrscheinlich. Er würde sich darauf verlassen, dass das Meer den Toten holte.

»Rufen Sie den Rechtsmediziner. Und die Spusi. Sie sollen sich beeilen«, wies er den Uniformierten an. »Und sagen Sie Dr. Bechstein: Aller schlechten Dinge sind drei.«

Während der Kollege, dem Wind den Rücken zugekehrt, das Revier verständigte, sah Kell etwas unter der Hand des Toten aufblitzen.

Es war Bruns' Handy.

Eine der Apps hatte eine Push-Nachricht gesendet. *Heute schon bewegt?*, fragte sie. Bruns sah nicht so aus, aber er schien ein Fitness-Aficionado zu sein.

»Was ist das?« Aus dem Kartenfach der Handyhülle lugte etwas Glitzerndes heraus.

Kell fischte einen Einmalhandschuh aus der Innentasche seines Sakkos und zog das glitzernde Etwas heraus.

Eine Visitenkarte. Auf der nichts weiter stand als eine Festnetznummer und ein Name. *Vanessa Grabow, Femme fatale.*

Unwetterwarnung des Deutschen Wetterdienstes: Warnstufe 3, Rot

Gefährliche Wetterentwicklung. Verbreitet können Schäden auftreten. Aufenthalte im Freien vermeiden!

Im Bahnverkehr kommt es zu Einschränkungen und Zugausfällen.

Folgende Fahrzeuge dürfen auf den Autozügen der Deutschen Bahn nicht länger mitfahren: Autos mit Anhänger, Lastwagen mit leeren Anhängern, Lastwagen mit Gefahrgut, Campingfahrzeuge und Motorräder.

Kapitel 9

Fred kauft was Warmes,
die Kopelke liegt flach.

»Wir haben schon geschlossen!«

Als die Werbefahne ihrer Boutique, trotz Sockelhalter aus Metall, vom Wind in Richtung Bahnhof geweht worden war, hatte Anastasia Kopelke eingesehen, dass sie an diesem Nachmittag keinen Umsatz mehr machen würde. Ihre Kundinnen waren gefaceliftete, manikürte, frisierte Frauen um die vierzig – die gingen bei Sturm nicht zum Shoppen. Auch nicht, wenn es gratis Prosecco gab. Nein, bei ›Wetter‹ shoppten die online. Und wenn doch wer klopfte, so wie jetzt, dann war das nur ein Wetterflüchtling, der Secco satt trinken wollte und dann zu Geschäftsschluss oder Sturmende – je nachdem, welcher Fall früher eintrat – den Laden ohne einen einzigen Kauf wieder verließ.

»Juhu«, jodelte Fred.

Anastasia Kopelke war gerade dabei, ihre vier Schaufensterpuppen – alle in der Sommer-Bestseller-Kombi Glitzerhoodie und Caprihose – in die Abstellkammer, die zur Hintertür führte, zu sperren. Seit sie als Kind, viel zu jung, einen Horrorfilm gesehen hatte, in dem Schaufensterpuppen nachts zum Leben erwachten und Leute killten, war sie nachhaltig traumatisiert und folgte dem Motto: Sicher ist sicher. Zumal sie über dem Laden wohnte und kein Risiko eingehen wollte. Sie lugte um die letzte der vier Puppen herum zur Eingangstür, an der schon das Schild CLOSED hing.

Natürlich in Glitzerbuchstaben.

Die Boutique *Femme fatale* in der Friedrichstraße, *der* Einkaufsmeile von Westerland, führte ausgefallen Feminines – alternativ: feminin Ausgefallenes – für die mittlere und obere Mittelklasse. Also nicht billig, aber bezahlbar. Mit dem gewissen *je ne sais quoi*, das Fashion Victims so unwiderstehlich fanden. Anastasia tauschte regelmäßig die gerahmten Fotos von Prominenten aus, die aussahen, als würden sie Sachen aus ihrem Geschäft tragen. Dabei wurde andersherum ein Schuh daraus: Sie kupferte von den Promis ab, was sie in ihrem Laden zum Verkauf anbieten sollte. Diese Methode hatte sich anfangs großer Beliebtheit erfreut – ihr Laden hatte gebrummt. Lange Zeit war es ein echtes Verkaufsargument, wenn frau nicht nur sagen konnte, dass sie dieses aufregende, figurschmeichelnde Teil im Urlaub auf Sylt erstanden hatte, sondern auch, dass Schauspielerin Margot Robbie oder Ex-Prinzessin Meghan Markle genau das gleiche trugen.

Frau Kopelke hatte angefangen als Ehefrau, die nebenher »was Eigenes« wollte. Nur, dass es kein Jodeldiplom wurde, sondern eine Boutique in Kampen. Dort verkaufte sie italienische und französische Haute Couture an Champagner schlürfende Ehefrauen und Trophy-Weibchen ohne Trauschein. Aber dann hatte ihr Mann sie für ein jüngeres Modell eingetauscht. Voll das Klischee. Das hätte Anastasia eigentlich kommen sehen sollen, denn sie war seine zweite Frau, und an sie hatte er sich herangemacht, als er noch mit Nummer eins verheiratet war.

Daraufhin eröffnete sie in Westerland eine Boutique, allerdings eine deutliche Stufe darunter: keine Haute Couture mehr, sondern Klamotten, unter denen auch Frauen mit normalem Geldbeutel etwas fanden. Und immer mit Glitzer. Aber wie gesagt, es lief leider nicht mehr so gut. Die Kopelke war ratlos. Lag es daran, dass niemand mehr Glitzer tragen wollte?

Sie fürchtete schon, die nächste Station in ihrem Berufsleben wäre ein Eckladen in Bahnhofsnähe, in dem sie nur Billigklamotten anbieten könnte, die in Bangladesh von Kleinkindern mundgeklöppelt worden waren.

Fred klopfte erneut. Es war ein Klopfen, dem deutlich anzuhören war, dass der Anklopfende sich nicht durch pures Ignorieren vertreiben lassen würde.

»Ja doch!« Anastasia Kopelke schob die letzte Schaufensterpuppe in den Abstellraum, knallte die Tür zu und marschierte zum Eingang.

Erst als sie Fred in voller Brokatpracht sah, zog sich ein Lächeln über jenen Teil ihres Gesichts, der dazu noch fähig war. Sie hatte es bei der letzten Botoxbehandlung etwas übertrieben, obwohl ihr Schönheitschirurg sie gewarnt hatte. Aber lieber wollte sie wie ein humanoider Roboter aussehen, als ihr Gesicht der Schwerkraft überlassen.

Ka-Tsching, ratterte ihre innere Registrierkasse bei Freds Anblick. Sie als Profi erkannte sofort, wie viele Tausend Euro sein Outfit gekostet haben musste.

»Hallo, der Herr!«, gurrte Anastasia folglich, als sie

die Tür öffnete. »Eigentlich haben wir schon geschlossen, aber für Outfit-Notfälle stehe ich natürlich immer gern zur Verfügung.«

Mit einer wellenartigen Armbewegung lotste sie ihn ins Ladeninnere.

»Darf ich Ihnen ein Glas Prosecco anbieten?«

»Sie dürfen.«

Fred öffnete sein Sakko und ließ sich nonchalant auf der Sitzinsel in der Raumesmitte nieder, wo er lässig die Beine überschlug. Wenn die Situation es verlangte, konnte er auch auf reicher Schnösel.

Anastasia reichte ihm eine Flöte, in der es prickelte. Der Prosecco erwies sich als trinkbar.

»Sie kommen mir bekannt vor«, sagte die Kopelke. »Haben Sie meinen Laden schon einmal beehrt?«

»Nein.«

Sie musterte ihn. Bei ihrem Schönheitschirurgen saßen oft auch Männer im Wartezimmer. Der hier war jedoch noch naturschön. »Sind Sie womöglich prominent?«

»Nein. Vielleicht sind wir uns schon einmal im Kampener Nachtclub begegnet?« Fred frönte dem Nachtleben schon lange nicht mehr. Er war sich also ziemlich sicher, dass sie ihn dort nicht gesehen haben konnte. Dennoch widersprach er nicht, als sie »Aber natürlich!« rief.

»Wir waren Nachbarn in Kampen!«

Fred stutzte. Wobei er zugeben musste, dass er keinen Überblick über seine doch relativ häufig wechselnden Nachbarn hatte. Er erinnerte sich nur an die, die bei ihm einkehrten und ein Buch kauften.

»Ach ja, Kampen«, schwelgte Anastasia. »Ich habe früher dort gewohnt. Sie sind der junge Mencksen. Ich habe
Sie immer beim Rauchen gesehen.«

»Ich rauche nicht«, entfuhr es Fred automatisch.

»Ich, nicht Sie«, sagte Anastasia. »Mittlerweile rauche
ich aber nicht mehr. Ging ganz einfach mit dem Aufhören. Was ich jetzt bräuchte, wäre ein Schokoladen-Pflas-
ter. Vielleicht erkennen Sie mich nicht wieder, weil ich
so zugenommen habe.«

Fred erlaubte seinem Blick, kurz über ihren Körper
zu huschen. Die Frau trug höchstens Kleidergröße 34.
Allerhöchstens. Was war sie vorher gewesen? Ein Ske-
lett?

»Das wird es sein«, meinte er uncharmant, weil das
genug Vorspiel für ihn war und er jetzt zur Sache kommen wollte. »Sagen Sie, meine Nachbarin, die Vanessa,
die arbeitet doch bei Ihnen, oder?«

Frau Kopelke schob die Unterlippe vor. Er wollte gar
nichts kaufen? Sie könnte jetzt schon mit einer Pralinenschachtel oben auf der Couch liegen und ihre Lieb-
lingsserie bingewatchen. Aber nein, sie hatte ihn einge-
lassen. Und nun wollte er nur die Vana sprechen?

»Hm ...«, fing sie an. »Ich bin kein Café, in dem man
sich zum Plaudern trifft.« Bevor Fred etwas darauf erwidern konnte, hielt sie ihm die aufgestellte Hand entgegen. »Sie wollten doch sicher etwas kaufen, nicht wahr?«

Fred durchschaute, wie der Hase laufen sollte. »Ja ...
äh ... genau«, erklärte er mit monotoner Stimme, wie
eine Maus, die von einer Schlange hypnotisiert wurde,

»ich wollte bei Vanessa etwas kaufen. Und sie bei dieser Gelegenheit etwas fragen.«

Na also, geht doch, dachte Anastasia Kopelke. »An was hatten Sie denn gedacht?«

Fred sah sich im Laden um. Glitzerpullis, Paillettenkleider – nichts von dem, was er sah, würde er auch nur als Feudellappen verwenden. Er war schon kurz davor, ihr einfach einen Hundert-Euro-Schein in die Hand zu drücken, als er den Grabbeltisch mit den unifarbenen Pashmina-Schals entdeckte. Zugegeben, es gab sie in kühnen Farben – Royalblau, Neonpink, Türkisblau –, aber nichts glitzerte oder paillettete. Er musste an Mia denken. Wenn ihr das blaue Hemdblusenkleid gefiel, dann sicher auch ein blauer Schal.

»Meine Freundin friert an Sommerabenden leicht. Ein Pashmina-Schal wäre da sicher eine gute Idee. Vielleicht in Blau?«

Die Kopelke strahlte. »Eine gute Wahl. Hundert Prozent Kaschmir, edles Royal Blue. Nur dreihundert Euro.«

»Schon gekauft. Könnten Sie ihn mir als Geschenk einpacken?«

Sie hatte die Schals für fünfzig Euro pro Stück im Einkauf erstanden. Bei so einem guten Schnitt war die Geschenkverpackung mit drin. »Selbstverständlich, der Herr.«

Die Kopelke ging zur Kasse, Fred folgte.

»Sie haben sich nach Vanessa erkundigt?« Eine Frau, ein Wort. Er hatte gekauft, sie lieferte die Information. »Vana arbeitet nicht hier. Aber sie ist eine sehr liebe

Freundin und hilft mir in der Hochsaison regelmäßig aus.«

»Auch heute?«

Die Kopelke schüttelte den Kopf. »Nein. Heute nicht.«

In diesem Moment knarzte etwas.

Sie hörten beide das Geräusch. Schoben es im ersten Moment auf den Sturm.

Aber dann ging die Tür zur Abstellkammer auf, und jemand in Glitzerkapuzenshirt und weißer Caprihose trat heraus.

Die Schaufensterpuppen waren zum Leben erwacht!

Anastasia Kopelke schrie auf.

Es war kein normaler Aufschrei, es war ein Schrei der Angst, wie Fred ihn noch nie gehört hatte. Ein Schrei der puren Panik.

»Aaaaaaaaaaaaaaaaaaaa!«

»Um Gottes willen, Ana, ist ja gut, ich bin's!«, sagte die Schaufensterpuppe. Die gar keine Puppe war.

Was Anastasia Kopelke nicht mehr mitbekam. Da war sie schon in Ohnmacht gefallen.

Gott sei Dank auf die Pappschachtel mit einer neuen Lieferung schimmernder Shirts. Es wurde eine weiche Landung.

»Hoppla!«, entfuhr es Fred. Er hatte noch automatisch beide Arme ausgefahren, war aber zu langsam gewesen, um Anastasia Kopelkes abrupten Wechsel in die Horizontale zu verhindern.

Die Frau im Hoodie kam angelaufen. »Ana!« Sie kniete sich auf den Boden und fächelte der Kopelke Luft zu.

Jetzt, wo Fred sie von hinten sah, war ihm klar: Das war die Frau, die er vor Garstigs Villa hatte weglaufen sehen!

»Vana«, hauchte die Kopelke, die allmählich wieder zu sich kam.

»Schnell, sie braucht einen Prosecco!«

Fred lief zur Proseccoflasche, hielt Ausschau nach einem Glas, fand keines und kam mit der Flasche zurück, die er der Frau am Boden reichte. Sie zog die Kapuze vom Kopf.

Das Wiedererkennen dauerte einen Moment, weil er sie sonst meist oben ohne sah, nicht angezogen, aber ja, das war die Frau, die er vom Sonnenbaden vor Garstigs Villa kannte.

Er wartete, bis sie Anastasia Kopelke die Flasche an den Mund gehalten und ihr Prosecco eingeflößt hatte. Dann transportierten Vana und er die Kopelke zur Sitzinsel und setzten sie dort ab.

»Du bist Vana!«, sagte er. »Die Freundin von Garstig.«

Sie richtete sich auf. Angezogen wirkte sie jünger. Weniger wie die Gespielin eines reichen Geldsacks, der ihr das Aufpimpen der Brüste spendiert hatte, mehr wie eine Abiturientin in den Sommerferien.

»Du weißt, dass er tot ist?«

»Die Spatzen pfeifen es von den Dächern.« Vana sah pikiert aus der Wäsche. »Das kommt zu einem echt blöden Zeitpunkt.«

Gibt es denn einen echt guten Zeitpunkt für den finalen Abgang eines Sugardaddys?, dachte Fred.

Vana atmete schwer aus. »Ich wollte ihn heute verlassen.«

»Nein!«, rief die zusehends wiederbelebte Anastasia. »Doch nicht etwa wegen …?«

»Doch, wegen Tim.« Vana klang trotzig.

Die Kopelke rollte mit den Augen.

»Tim?«, fragte Fred.

»Ich kann nicht die ganze Zeit herumsitzen und darauf warten, dass mein Herr und Meister Zeit und Lust für Bettgymnastik hat. Ich bin eine Frau, ich habe Bedürfnisse. Ich will leben!«

»Aber doch nicht dieser Tim!« Anastasia klang besorgt. »Das ist kein Mann für dich!« Sie zeigte dabei mit dem Arm einmal quer durch ihre Boutique. Fred schlussfolgerte, dass Tim kein Geld hatte und Vana niemals nicht ordentliche Glitzergarderobe spendieren konnte. Nicht mal mit Freundschaftsrabatt bei *Femme fatale*.

»Wir lieben uns!«, erklärte Vana und verschränkte die Arme.

»Ich habe dich heute Mittag vor der Villa gesehen.« Fred versuchte, das Gespräch in Tim-lose Gewässer zu lenken.

»Mich hat fast der Schlag getroffen!« Vana fasste sich mit der rechten Hand ans Herz. »Ich wusste ja, dass Robert kommen wollte. Aber Tim und ich haben gestern gefeiert und heute Morgen verpennt. Und wie ich zum Haus komme, ist da die Polizei. Und *sie*!«

Das *Sie* spuckte Vana zwischen Anastasia Kopelke und Fred hindurch als kleinen Sabberregen auf die

Plexiglas-Verkaufsschütte mit den heruntergesetzten Bikinis.

»Wer?«, fragte Fred, der eins und eins zusammenzählen und sich denken konnte, dass die Küchentisch-Vanessa damit gemeint sein musste.

»Seine ›Offizielle‹!«, lästerte Vana. »Mit ihr hat er sich in Hamburg fotografieren lassen. Dabei ist sie auch nicht besser als ich. Nur älter.«

Fred fand, dass zwischen Vana und Nessi allenfalls zwei, drei Jahre liegen konnten, aber selbst wenn's nur ein Tag wäre, älter ist älter.

»Ich hatte immer schön unterzutauchen, wenn er Hamburger Bekannte getroffen hat. Einmal hat er sogar so getan, als wäre ich die Kellnerin, als so ein Senator auftauchte. Mir stand's bis hier!« Sie hob die Linke bis an die Nasenspitze. »Und Tim hat gesagt, er nimmt mich nach der Saison mit zu sich.«

»Tim, der Surfer mit der Boxernase«, schimpfte die Kopelke. »Das ist nicht die richtige Partie für dich!«

»Was macht die Tusse hier, habe ich mich gefragt?« Vana war wieder bei den Ereignissen des Vormittags. »Die war nie auf der Insel. Nie! Ich glaube sogar, das hat er ihr verboten.«

Garstig ist offenbar auch privat garstig gewesen, dachte Fred.

Oder zumindest ein Grandseigneur alter Provenienz. Frauen das Reisen zu verbieten? Das machte nicht einmal sein alter Herr, ein Traditionalist, wie er im Buche stand.

»Und sie heißt wirklich auch Vanessa?« Fred konnte es kaum glauben.

»Ja. Die davor auch schon.« Vana zuckte mit den Schultern.

Fred schürzte die Lippen. Andere Männer hatten ein optisches Beuteschema – standen auf blonde Haare oder knackige Hintern –, Garstig stand offenbar auf den Namen Vanessa. Das hatte natürlich praktische Vorteile: Man konnte sich beim Liebesspiel nicht versehentlich verplappern und einen falschen Namen stöhnen, egal ob man mit Lebensgefährtin oder Betthäschen herumturnte.

»Ich wusste nicht, was ich tun sollte. Da bin ich davongelaufen. Ich wollte zu Tim, aber der war schon weg. Mit Freunden Surfboards wachsen, hat seine Mitbewohnerin gesagt.« Vana stöhnte. »Was mach ich denn jetzt nur?«

Fred kam zum eigentlichen Grund seines Besuchs. »Wussten Sie, dass heute ein weiterer Mann ermordet wurde? In List.«

Vana und Anastasia nickten beide. Die Inseltrommeln hatten ganze Arbeit geleistet.

»Rollo Törgesen.« Anastasia nickte. »Ein Unsympath sondergleichen. Nicht schade drum.«

»Ein Umweltsünder!«, ergänzte Fred. »Er hat das Meer mit seinem Schleppnetzfang ruiniert, Ihr Robert mit Verklappen von Giftmüll. Das kann doch kein Zufall sein! Da steckt Methode dahinter!«

Fred sah sich stolz um. Er hatte den Frauen seinen Lösungsvorschlag unterbreitet und wartete jetzt gewissermaßen auf ein Lob.

Stattdessen sagte Vana: »Wer sind Sie gleich noch mal?«

»Fred«, sagte Fred und streckte ihr die Hand hin. »Nachbar von gegenüber. Der mit den Büchern.«

»Ach, das Streifenhörnchen.« Sie sah zu ihrer Freundin, zwinkerte übertrieben und zeigte mit dem Kopf auf Fred.

»Oh, Sie sind der Herr mit dem ungewöhnlichen Badehöschen«, rief Anastasia.

Fred fand das okay. Wenn man schon für etwas bekannt wie ein bunter Hund war, warum nicht für einen exzentrischen Geschmack in Sachen Badebekleidung?

Vana setzte sich neben sie. »Was mach ich denn jetzt? Zurück in die Villa kann ich nicht. Die Tussi darf nicht wissen, dass es mich gibt. Und die Polizei besser auch nicht. Die denken sonst, ich hätte was mit dem Mord zu tun.«

»Haben Sie aber nicht?« Fred wollte das nur ausdrücklich ausgeschlossen wissen.

»NEIN!«, pampte Vana.

»Die Sache ist nur die …«, fing Fred an und kratzte sich am Kinn. »… wie können Sie denn untertauchen, wenn Sie noch all Ihre Sachen in der Villa haben? Unterwäsche. Überwäsche. Personalausweis.«

Da sie keine Tasche dabeihatte und in der Pattentasche ihrer Caprihose nur ihr Handy steckte, lag diese Vermutung nahe.

Vana dämmerte, dass sie in der Klemme steckte.

Da klopfte es an der Eingangstür.

»Geschlossen!«, brüllte Anastasia Kopelke automatisch.

Vanessa sah zur Tür. »Scheiße!«

Anastasia sah jetzt ebenfalls zur Tür. Sie nahm Vana an der Hand.

Beide rührten sich nicht von der Stelle. Darum war es Fred, der die beiden Polizisten einließ. Sie gingen schnurstracks auf Vana zu.

»Frau Grabow?«

Vanessa nahm die Schultern zurück und stand auf. »Ja doch, ich komm ja schon.« Zu dritt gingen sie zur Tür. Plötzlich blieb Vana stehen und drehte sich zu Anastasia um. »Hast du im Laden noch eine Pralinenschachtel? Ich komm um vor Hunger.«

Mit einer großen Tüte Nougatpralinen in der Hand und wild wehenden Haaren stieg Vanessa Grabow in den Streifenwagen und wurde für ihre Aussage zum Revier gefahren.

Freds Magen knurrte. Aber auf Nachfrage stellte sich heraus, dass Anastasia Kopelkes Schokoladenvorräte nunmehr erschöpft waren.

Kapitel 10

Fred hamstert,
Hubertus fehlt,
Jasmin plaudert.

Fred schlängelte sich durch das Gewimmel an Menschen im Gang zwischen den Dosentomaten und Fertigsuppen links, dem Toilettenpapier und den Hygieneartikeln für den täglichen Bedarf rechts.

Allüberall auf der Insel plingten die Handys. Die NINA-App warnte vor einem Unwetter der höchsten Stufe. Und wie immer in solchen Fällen kam Weltuntergangsstimmung auf.

Im Supermarkt tobte die Menge derer, die sich dem Armageddon nicht mit leerem Magen stellen wollten und darum Hamsterkäufe tätigten.

Fred, der den ganzen Tag noch nichts gegessen hatte und dringend Energie benötigte, fühlte sich von dem Ansturm leicht überwältigt. An dem Regal mit den Kartoffelchips und dem Ständer mit dem frisch zubereiteten Obstsalat war er schon vorbeigeschwemmt worden, ohne anhalten zu können.

Aber hier, vor der Warmhaltetheke mit den Fleischkäsebrötchen, würde ihn nichts und niemand wegspülen können. Er streckte die Hand aus.

»Huch, hier kaufen Reiche ein? Seit wann ist dieser Laden so heruntergekommen?«, ertönte plötzlich eine Stimme in seinem Rücken. »Und da dachte ich, du lässt dir dein Seehundfilet an Kaviarsülze immer einfliegen!«

»Lass ich sonst auch, aber der Pilot ist krank.«

Fred drehte sich um.

Mia!

Ihr Name zerging ihm auf der Zunge, sie zu sehen, ließ sein Herz heftig pochen.

Sie schien dagegen körperlich unbeeindruckt von seinem Anblick.

»Ist die Befragung schon vorbei?«, erkundigte sich Fred.

Mia, die eben noch neckend gelächelt hatte, wurde ernst. »Ich habe Pia geraten, den Mund zu halten, bis ihr Anwalt eingetroffen ist. Sie schläft jetzt eine Runde in einer der Gewahrsamszellen.«

»Hat sie dir irgendwas gesagt?«

»Nur, dass sie keinen umgebracht hat. Und sie war in List auch nicht am Hafen.«

Apropos List …

»Ich wollte dir unbedingt etwas sagen …«, fing Fred an, wurde dann aber von einer Matrone im Filzkleid wortlos zur Seite gedrängt. Er zwängte sich zwischen einer Familie mit fünf Kindern zu Mia durch. »Es ist nämlich so …«

»Stehen Sie hier an?« Ein älterer Herr mit Schnauzer.

»Nein«, antwortete Fred höflich, obwohl er und Mia vor einer nackten Wand standen. Aber wo immer zwei Menschen zusammenstanden, konnte man ja das Ende einer Schlange vermuten. Was der Herr mit Schnauzer auch prompt getan hatte.

»Das wird hier nichts. Lass uns einkaufen und draußen reden.« Mia dachte praktisch.

In einem Ausnahmezustand wie diesem konnte man nicht nach Plan kaufen. Denn vor dem, was man haben wollte, scharte sich unweigerlich ein Pulk aus Leibern. Also musste man das nehmen, was greifbar war. Und weil Fred Hunger hatte, griff er wahllos nach allem.

Am Ende standen Fred und Mia mit fünf Bananen, einem Glas Apfelmus, einer Packung tiefgefrorener Erbsen, einer Tüte Fischli (das Original), einer Dose Hühnersuppe und zwei Schachteln Grissini vor der Kasse.

Es zeigte sich allerdings, dass sie sich vor dem Supermarkt ebenso wenig unterhalten konnten wie im Supermarkt. Das lag nicht an den Mitmenschen, sondern am Sturm. Der Wind heulte gefühlt im dreistelligen Dezibelbereich. Und Fred konnte es zwar nicht ganz glauben, aber ihm war, als sei drüben, wo es zwischen den Häusern zur Strandpromenade ging, eben ein blaues Baustellenklo vorbeigeflogen. 'tschuldigung: ein mobiles Sanitärsystem.

Fred lotste Mia rasch in die Sicherheit seines Autos, das er im Halteverbot abgestellt hatte. Zu Recht war er davon ausgegangen, dass kein Mitarbeiter des Ordnungsamtes des Weges kommen und Strafzettel verteilen würde. Er chauffierte Mia und die Einkäufe zum WG-Haus, wobei er fliegenden Ästen und Sommerhüten ausweichen musste, und begleitete sie nach oben in die Wohnung.

Die leer war.

»Wo sind denn alle?« Mia brachte die Einkäufe in die Küche.

Fred entdeckte den handschriftlichen Zettel an der Badezimmertür als Erster.

Machen eine spontane Sitzblockade gegen den Sturm vor dem Rathaus.

Fred lästerte innerlich, ob sich der Sturm von der Sitzblockade beeindrucken ließ und aufhörte zu stürmen. Aber das sprach er nicht aus. Ihm war schon klar, dass sie nicht gegen das Unwetter protestierten, sondern gegen dessen Ursache: den Menschen.

»Ich mache die Suppe warm. Du isst doch mit, oder?«

»Total gern. Ich bin regelrecht ausgehungert. Danke, Mia!«

Sie drückte ihm eine Banane in die Hand. »Vorspeise.«

Mit vollen Backen platzte es aus Fred heraus, weil er nicht länger warten konnte. Nicht die Bananenklein- und -kleinstteile, die Worte. »Ich glaube, es waren die ›Letzten Tage‹.«

»Wie meinen?« Mia rührte die Suppe im Topf um.

»Robert Garstig, Umweltsünder. Tot. Rollo Törgesen, Umweltsünder. Tot. Da sehe ich einen roten Faden!«

Mia hielt im Rühren inne. In Zeitlupe drehte sie sich zu ihm um. »Du meinst …«

»Ja, einer von der Truppe hier.«

Fred war deutlich bewusst, dass die Truppe aus mehr Frauen bestand und somit die weibliche Form richtiger gewesen wäre. Doch im Grunde hielt er Hubertus für den Täter.

Mia öffnete den Mund ... aber es dauerte, bis ihm ein »Nein!« entfleuchte.

»Denk doch mal nach: zwei Umweltschweine an einem Tag! Das kann kein Zufall sein! Und wer sagt immer, dass der Protest weh tun muss, damit die Leute aufwachen und sich ändern?«

»Nein«, wiederholte Mia.

Fred hatte sich die Banane einverleibt und hielt nach dem Biomüll Ausschau. Nicht nach dem Kompostmüll – er wusste, dass Bananenschalen im hiesigen Klima viel zu langsam verrotteten.

Noch über den Mülleimer gebeugt, hielt er inne. Er benetzte seine Lippen. Das, was er jetzt sagen musste, fiel ihm nicht leicht.

»Hör mal, Mia ... ich habe vor der Haustür zu Garstigs Villa etwas gefunden.« Er richtete sich auf und sah sie an. »Eukalyptus-Lakritz-Kaugummi.«

Mehr musste er nicht sagen.

Mia biss sich auf die Unterlippe. »Dann war Pia also tatsächlich dort?«

»Es hat ganz den Anschein.«

»Nein.« Mia schüttelte den Kopf. Erst langsam, dann immer schneller – wie ein Wackeldackel auf Speed. »Ich kenne Pia. Die hat Heulkrämpfe bekommen, als unser Wellensittich starb. Die bringt niemanden um. Never!«

»Das glaube ich auch keine Sekunde!«, warf Fred beschwichtigend ein, bevor Mia sich den Hals verrenkte. »Aber es könnte doch sein, dass sie dabei war, als Hubertus es getan hat. Und jetzt deckt sie ihn. Aus falsch verstandener Loyalität.«

Mia wollte etwas einwenden. Aber sie konnte nicht. Die Möglichkeit, dass Pia Hubertus deckte, bestand durchaus. Deshalb war sie ja nach Sylt gekommen. Um Pia aus den hypnotischen Fängen dieses selbsternannten Propheten zu reißen.

»Wenn Hubertus das war, finden wir es heraus. Schon allein, um deiner Schwester zu helfen!«, erklärte Fred. »Ich werde die Chance nützen und nach Hinweisen suchen.«

Mia stand immer noch salzsäulenartig vor dem Herd. Er nahm ihr den Kochlöffel aus der Hand und rührte in der Suppe. »Riecht lecker!«

Dann ging er zum ersten Schlafzimmer. An den Türen befanden sich entgegenkommenderweise Kreppbandstreifen mit den vollen Namen derer, die in dem jeweiligen Zimmer wohnten.

»Wieso stehen denn Vor- und Zunamen an den Zimmertüren?«, rief Fred.

»Wenn die Polizei mit einem Durchsuchungsbeschluss kommt, darf sie nur die öffentlichen Räume und das Zimmer der betreffenden Person durchsuchen. Die anderen Zimmer nicht«, rief Mia zurück.

Fred betrat zuerst *Hubertus von Dobensteins* Raum. Wie nicht anders zu erwarten, hatte er als Einziger ein Einzelzimmer.

Mia tauchte an der Tür auf.

»Willst du mich abhalten?« Fred sah sie an.

Sie schüttelte den Kopf. »Ich stehe Schmiere.«

Im Zimmer von Hubertus befand sich nur ein Futon mit einem Memoryschaum-Kissen und einer Daunendecke ohne Bezug. Ein Rollkoffer lag aufgeklappt auf dem Boden. Darin Unterwäsche, Shirts, eine Jeans zum Wechseln, ein leichter Sommerpulli.

»Wenn er etwas zu verstecken hat, dann ist es in seiner Messengertasche. Die trägt er immer am Körper, wenn er die Wohnung verlässt«, sagte Mia.

Fred atmete enttäuscht aus. Er wusste nicht so genau, was er zu finden gehofft hatte. Ein Tagebuch? Mit dem letzten Eintrag: Heute habe ich es getan, heute habe ich Robert Garstig und Rollo Törgesen gekillt?

Er wollte schon aufgeben, da sah er zwischen Matratze und Wand etwas herauslugen. Ein Buch!

Kein Tagebuch, aber wenn es um Bücher ging, war Fred immer interessiert. Er nahm es zur Hand. *Industrielle Fischerei – die Zerstörung der Artenvielfalt und der Anfang vom Ende der Meere.*

»Bingo!«, rief Fred.

»Warum Bingo? Er ist Klima-Aktivist und liest ein Buch über den Fluch der industriellen Fischerei. Das ist eine Bettlektüre, kein Indiz«, hielt Mia dagegen. Dann sah sie plötzlich zur Wohnungstür. »Das Flurlicht ist angegangen, es kommt jemand.«

Fred steckte das Buch zurück und hastete mit Mia in die Küche. Beide taten unschuldig.

Sie hörten Schritte, die ins Badezimmer eilten und nach ein paar Minuten wieder herauskamen.

»Hallo, ihr beiden.« Jasmin lugte um die Ecke. »Ihr kocht hier was mit Fleisch? Weia, tapfer!«

Es ließ sich nicht leugnen, es roch nach Hühnersuppe. Und selbstverständlich war die Gruppe vegan unterwegs.

»Ihr habt Glück, dass ich nicht wegen des Kampfes mitmache, sondern wegen Larissa.«

Fred hob die Augenbrauen. »Du bist … äh …«

»Lesbisch.« Jasmin lachte. Passend zu ihrer Bauarbeiter-Statur war es ein tiefes Bass-Lachen. »Wieso gebe ich mir jeden Morgen so viel Mühe, mich zum Butch zu stylen, wenn's dann doch keiner merkt?«

Fred zupfte verlegen an seinem Ohrläppchen. »Ich hab's gemerkt, ich wollte mich nur nicht mit einer vorgefassten Meinung in einen Shitstorm manövrieren.«

»Alles gut.« Sie trat an den Herd und schnupperte. »Leckere Fertigsuppe! Das erinnert mich an die Nachmittage bei meiner Oma.«

Mia verteilte die Teller. Mangels Esstischs ließen sie sich auf dem Wohnzimmerboden nieder.

»Die anderen protestieren noch?«, fragte Mia.

»Nee. Nachdem es Jule beinahe weggeweht hätte, haben wir Schluss gemacht. Ich konnte sie gerade noch festhalten.« Jasmin zog einen Keks aus ihrer Overall-Brusttasche und tunkte ihn in den Suppenteller. »Die anderen sind in unserem Stamm-Café eingekehrt, um sich mit heißem Tee zu wärmen. Ich wäre ja mitgegangen, aber ich musste meine Periodenscheibe wechseln. Diesen Monat blute ich, als würden da unten Kannibalen ein Schlachtfest veranstalten. Ich habe dauernd Angst, ich laufe aus.«

Mia nickte wissend.

»Ich hoffe, Hubertus zahlt für alle.«

Jasmin nickte. »Macht er normalerweise. Aber er ist nicht dabei.«

Fred sah auf. »Er ist nicht dabei?« Er blickte zu Mia. »Er ist nicht dabei!«

»Er ist nicht dabei«, bestätigte Jasmin. Sie grinste breit. »Ich habe das Gefühl, ich bringe einem Papagei das Sprechen bei. Noch mal zum Mitschreiben: Er ist nicht dabei.«

»Warum nicht?«

Jasmin setzte den Teller an die Lippen und trank den allerletzten Rest Hühnersuppe. Dann wischte sie sich mit dem Handrücken über den Mund und sagte: »Keine Ahnung. Gleich nachdem Pia abgeholt wurde, bekam er einen Anruf. Hat ihm sichtlich zugesetzt. Er wurde richtig bleich. Ich habe deutlich gehört, wie er gerufen hat, er könne das Geld besorgen. Dann hat er aufgelegt und uns gesagt, dass er was Dringendes erledigen müsse, und schon war er auf und davon.«

»Gleich, nachdem wir weg waren?« Mia legte den Kopf schräg. »Warum die große Eile? Und bei wem auf der Insel kann er denn Schulden gehabt haben?«

»Du kennst ihn doch, er macht öfter solche Alleingänge. Ich vermute, dass er auf der Insel noch was zum Kuscheln hat.«

»Was zum Kuscheln, das man bezahlen muss?« Fred grinste anzüglich.

»Nee, einer wie Hubertus muss doch nicht bezahlen. Also, dafür nicht. Aber vielleicht hat er eine Maus, die wem was schuldet? Einmal habe ich gesehen, wie er mit seinem Rad voller Vorfreude die Rantumer Straße in Richtung Hörnum gefahren ist. Und Thea hat erzählt, sie hat ihn im Hafen von Hörnum gesehen, und als er sie entdeckte, sei er schwuppdiwupp umgedreht und weggeradelt. Als ob er was zu verheimlichen hätte.« Jasmin grinste breit. »Glaubt mir, so beglückt, wie der geradelt ist, und bei dem Geheimnis, das er darum macht, ist er total verschossen. Vielleicht in eine Insulanerin. Eine Rantumer Meerjungfrau. So hat er jedenfalls keins von den Mädels in unserer Truppe angeschaut, nicht mal …«

Abrupt verstummte sie.

»Pia«, ergänzte Mia.

Kapitel 11

Das Meer spuckt aus,
der Wind wirbelt weg.

»Das Leben ist wie die Nordsee. Man wirft was raus, es schwappt was zurück.« Kommissar Kell schürzte die Lippen.

»Stimmt«, pflichtete ihm Gerichtsmediziner Bechstein bei, ohne zu wissen, dass Kell soeben den fiktiven Kommissar seines Lieblingsschriftstellers zitiert hatte. Er las zwar keine Krimis, aber als Hörspiel versüßten sie ihm die Schaumbäder, die er so lange auszudehnen pflegte, bis ihm Schwimmhäute zwischen Fingern und Zehen wuchsen. Weil er sich damit von dem Scheiß der Welt reinwaschen konnte.

Scheiß wie dem hier.

Der übelst malträtierten Leiche von Paul-Walter ›Paulchen‹ Bruns.

Jemand hatte sich an Bruns ausgetobt. Vom Kopf war mehrheitlich nur noch Brei mit ein paar Schädelsplittern übrig. Und vom Brei fehlte ein Teil, weil der Mörder die Leiche offenbar in die Fluten gerollt hatte, um sie den Fischen zum Fraß zu überlassen. Das Meer hatte die Leiche aber prompt wieder angespült.

Dass es sich um Paulchen Bruns handelte, erkannte man an der Security-Uniform mit seinem Namensaufdruck. Und an dem Handy mit bestimmt zwanzig Textnachrichten von Mutti Bruns. Aber natürlich würde das dennoch ordentlich anhand der DNA verifiziert werden müssen. Eine Identifizierung durch Angehörige oder Freunde war jedenfalls nicht mehr möglich. Höchstens, falls er einen Delfin auf die Hinterbacke tätowiert hatte.

»Zwei Dinge«, mutmaßte Bechstein. »Der Mörder war nicht von hier, sonst hätte er gewusst, dass bei Sturmflut die Wellen die Leiche wieder anspülen. Und zweitens hatte er einen Zorn auf den Toten. Das ist jetzt natürlich nur mein Ersteindruck, aber hier …«, er deutete mit seinem gummibehandschuhten Zeigefinger, »… und auch hier sieht man deutlich, dass er mit einem schmalen Gegenstand erschlagen wurde. Mehrmals und mit extrem großer Krafteinwirkung.«

»*Extrem groß* wie in kräftig-durchtrainiert-männlich?«, hakte Kell nach.

»*Extrem groß* wie in fuchsteufelswild-wutschnaubend-rasend. Kann also durchaus auch eine kleine, untrainierte Frau gewesen sein. Hass macht stark.« Bechstein erhob sich. »Ich gehe davon aus, dass er nach dem ersten Schlag schon zu Boden ging. Von da an war es für den Täter – oder die Täterin – ein Leichtes, ihn wie mit einem Kartoffelstampfer platt zu prügeln.« Bechstein wackelte mit dem Kopf. »Könnte eventuell wieder ein Golfschläger gewesen sein.«

»Ach«, sagte Kell nur. Seine Gedanken waren dafür umso reger.

Einer von Garstigs Golfschlägern fehlte. Hier war eventuell ein Golfschläger zum Einsatz gekommen. War es ein und derselbe Golfschläger?

»Wenn du dir die Überreste von Bruns vornimmst, dann such doch bitte auch nach Haaren und Gewebespuren von Garstig«, bat er den Rechtsmediziner.

Der nickte.

Sie hatten sich beide heiser geredet. Man gewöhnte sich bei Sturm daran, zu brüllen. Aber irgendwann nahmen einem das die Stimmbänder übel.

Sie standen am Strandabschnitt Samoa, südlich von Rantum. Als Einzige.

Die nahe gelegene Strandsauna war geschlossen. Kell hatte trotzdem gleich nach seiner Ankunft einen Uniformierten hingeschickt. Vielleicht hielt sich doch jemand dort auf und hatte etwas gesehen. Aber nein.

»Wenn's irgend geht, heute bitte keine Leichen mehr«, sagte Bechstein.

Kell deutete ein Lächeln an.

Hauptkommissar Jorgensen kam durch den Sand auf sie zugestapft. Hinter ihm zwei Männer, die den Leichensack trugen. Bruns musste ins Trockene.

Jorgensen stammte von der Insel, aber er hasste Sand. Ja, hasste ihn. Sein allererstes Mal – mit der Anja aus der Parallelklasse – war nach einer *Kumbaya-My-Lord*-Singalong-Beachparty gewesen. Während die anderen noch zur Klampfe von Referendar Obermüller jodelten, hatte Anja ihn weitergezogen, bis man das Singen nur noch in weiter Ferne hörte. Dann hatte sie ihn verführt. Im Sand. Ohne Handtuch drunter.

Noch Monate später musste er Sandkörner aus diversen Körperöffnungen herauspulen. Dabei war in unter drei Minuten alles vorbei gewesen. Eine in vielerlei Hinsicht unschöne Erfahrung. Zumal Anja, ein Bier später, den Hauke aus der Klasse über ihnen ebenfalls vom offenen Feuer weggezogen hatte.

Es hätte für Jorgensen so oder so ausgehen können – entweder ein Hass auf Sex. Oder ein Hass auf Sand. Glücklicherweise, für ihn und sein künftiges Liebesleben, wurde es ein Hass auf Sand. Freiwillig ging er seitdem nie mehr an den Strand. Und wenn, dann nur nach Regenfällen, weil nasser Sand zu Beton festgekleistert war.

Im Dienst konnte er sich solche Sperenzien natürlich nicht erlauben.

»Habe ich dir nicht Ruhe verordnet?«, fragte Bechstein.

»Geht schon wieder«, brummte Jorgensen. Allerdings wurde ihm beim Anblick von dem, was da zwischen den Schultern von Bruns herausragte, wieder sehr blümerant zumute. Er verbot sich streng, noch mal ins Nass zu reihern. Das würde seinen Ruf vollends ruinieren.

»Ich habe Neuigkeiten zu Törgesen«, sagte er zu seinem Chef, während Bechstein seinen Leuten Anweisungen gab, wie man die Überreste von Bruns Kopf vollumfänglich vom Sand in den Leichensack umfüllte.

Jorgensen kehrte ihnen den Rücken zu. »Ich habe mit dem Sekretariat von Törgesen gesprochen. Er hat haufenweise Morddrohungen bekommen. Hatte deshalb sogar

Bodyguards engagiert. Angeblich taffe Ex-Knackis, die mögliche Angreifer erst brutal ausschalten und danach Fragen stellen würden. Genau so mochte es Törgesen. Man hat mir gesagt, es gab nur einen Ort, wo er ohne Leibwächter anzutreffen war: auf seinem Speedboot.«

»Speedboot?«

»Genau. Er meinte, wer solle ihn schon einholen, wenn er mit 120 Stundenkilometern übers Wasser brauste. Es wurde von der Küstenwache im Meer lokalisiert und wird gerade zurückgebracht.«

»He, was ist das?«, hörten sie Bechstein rufen.

Gerade als seine Leute den Toten in den Leichensack hievten, riss *der Wind, der Wind, das himmlische Kind*, etwas mit sich, was aus Bruns' Hosentasche herausgeluгt hatte.

Bechstein, nicht mehr der Jüngste, aber sehr agil für sein Alter, konnte es gerade noch schnappen, bevor es in unerreichbare Höhen gewirbelt wurde. Er pfiff.

»Ein Zweihundert-Euro-Schein«, sagte er zu Kell. »Nass und sandig, aber heil.«

Holla die Waldfee, dachte Kell. *Da hat uns der Wind doch glatt das Mordmotiv verraten. Erpressung.*

Kell ging gedankenverloren zurück zum Dienstfahrzeug. Jorgensen folgte ihm, fast dankbar. Nur weg von Bruns.

»Das heißt also, Törgesen muss auf offener See angegriffen worden sein. Denn wenn ihn jemand im Hafen von List gekillt und anschließend mit seinem Speedboot davongebraust wäre, dann wäre das nicht unbemerkt geblieben.«

»Wir sollten alle Speedboothalter überprüfen«, schlug Jorgensen vor.

Kell nickte.

Und wie aufs Stichwort hörte man draußen auf dem Wasser das Dröhnen eines Motorbootes. Kell und Jorgensen drehten sich um. Es war ein auffälliges Motorboot – nicht weiß oder weiß-blau wie die meisten anderen Boote, sondern weiß-orange.

»Welcher völlig hirnlose Idiot fährt bei Sturm mit dem Motorboot raus?« Eine rhetorische Frage, Jorgensen beantwortete sie dennoch.

»Ein Tourist.«

Kapitel 12

Fred gibt den Beichtvater,
Hubertus heult –
aber nicht mit dem Wind um die Wette,
sondern fette Tränen.

»Ich sage dir, es war Hubertus!«

Wenn Fred sich erst mal in eine Theorie verbissen hatte, ließ er nicht locker. Das einte ihn mit Schnucki.

Sie brausten zum Rantumer Hafen. Die Straßen waren weitgehend leer. Bis auf ein Feuerwehrauto, das sie überholte. Manchmal flogen Äste vorbei. Aber noch hatten sie Glück. Besser gesagt, Freds kleiner, froschgrüner, bislang uneingedellter Elektro-Flitzer.

»Hubertus ein Mörder? Das glaube ich nicht. Hubertus ist ein Hardcore-Klimaschützer, aber er killt mit Worten, nicht mit ...« Mia verstummte. Sie wusste nicht, welche Mordwaffen zum Einsatz gekommen waren.

»Du hast doch selbst gesagt, dass er ein dubioser Clanchef ist«, wandte Fred ein und wich einem Koffer aus, der mitten auf der Fahrspur lag. »Und dass du deine Schwester aus seinen Fängen retten willst.«

»Ja, genau: Clanchef, kein Killer. Ich halte ihn für den Hugh Hefner unter den Klimaschützern – du weißt schon, diesen Playboy-Fuzzi, der mit all seinen Girlies gevögelt hat.« Sie wackelte auf dem Sitz, um das Hinternwackeln der Playboy-Bunnys zu imitieren.

»Zwei üble Umweltschweine sterben, ein Hardcore-Umweltschützer ist in der Nähe – und trotzdem soll es Zufall sein?« Fred musste sich aufs Fahren konzentrieren, darum waren seine üblichen rhetorischen Fähigkeiten etwas eingetrübt.

»Ich finde ja auch, dass da was faul ist im Staate Dänemark …« Nie hatte sie diesen Satz räumlich näher an Dänemark geäußert als in diesem Moment. Wäre im Staate Dänemark gerade wirklich etwas faul gewesen, man hätte es in der Tat riechen können. »… aber du hast doch nur Mutmaßungen, keine Beweise.«

»Ich brauche keine Beweise. Ich muss mich nur selbst vergewissern, dann gehe ich stante pede zur Polizei!«

Mia erkannte sofort den Haken an der Sache. »Ich glaube immer noch, dass Hubertus es nicht war. Wenn aber doch, läufst du dann nicht Gefahr, dass er dich auch umbringt?« Sie stutzte. »Oder uns beide?«

Fred grinste. »Wir haben uns schon Auge in Auge gegenübergestanden. Ich weiß, dass ich schneller laufen kann als er. Der kriegt mich nicht.«

»Und ich?« Mia spielte gekonnt die Empörte.

Fred ging gern darauf ein. »Ein bisschen Schwund ist immer.«

Sie lachte. »Du wirst dich gnadenlos blamieren, wart's nur ab. Hubertus liegt mit irgend so einem Inselhäschen in den Federn, wirst sehen.«

Und dann hatten sie auch schon Hörnum erreicht und bogen in Richtung Hafen. Es war die Ostseite der Insel, hier ging es ruhiger zu. An normalen Tagen fiel der Hafen bei Ebbe sogar trocken. Nicht so heute. Die Boote tanzten an den Anlegern.

Fred fuhr auf den Parkplatz an der Hafenstraße. Die Geschäfte rundherum hatten geschlossen. Um diese Uhrzeit eigentlich sonst nie, aber wegen des Sturms war nichts los. Weniger als nichts. Das Einzige, was vorbeikam, waren fliegende Äste. Viele Ladeninhaber waren deshalb damit beschäftigt, ihre Außenanlagen sturmfest zu machen. Zwar ging es hier ruhiger zu als auf der Westseite, dennoch drohte den Ladenfahnen auch in Hörnum der plötzliche, böenbedingte Raketenstart.

Der Hafenkiosk war ebenfalls geschlossen. Unter dem Haifischkopf an der Außenfassade – kein echter Hai war dafür zu Schaden gekommen! – standen trotzdem zwei Männer. Der eine zählte Geldscheine von einem fetten, wirklich fetten Bündel ab, der andere sah zu. Sie hatten dem Wind den Rücken zugekehrt. Und somit auch Mia und Fred.

Die beiden wirkten nicht wie halbseidene Gestalten, die zwielichtigen Geschäften nachgingen. Sonst hätten sie öfter mal aufgeschaut, ob sie von jemandem beobachtet wurden. Und hätten ihre Transaktion nicht im Freien durchgeführt.

Der Mann mittleren Alters, der beim Geldabzählen zusah, hatte exorbitant viel Brillantine im Haar, trug weiße Cargohosen, blütenweiße Segelschuhe und ein marineblaues Polohemd. Bei ihm dachte man unweigerlich an ein Seniorenmodel für elegante Freizeitkleidung.

Der Mann, der die Scheine zählte, war … Hubertus.

Fred und Mia näherten sich unauffällig.

Mia wünschte sich in diesem Moment nichts sehnlicher, als acht Arme zu haben wie die indische Göttin Kali. Sie trug immer noch Freds Kilt, den versuchte der Wind jedoch unablässig hochzupusten, so dass sie den Stoff mit beiden Händen nach unten drücken musste, wenn nicht alle Welt ihren Blümchenschlüpfer sehen sollte. Die Hände hätte sie aber gebraucht, um sich die Haare aus dem Gesicht zu halten. Im Grunde hatte sie nur die Wahl, durch einen blickdichten Haarteppich zu schauen oder sich zu exhibitionieren.

Die Transaktion war abgeschlossen. Das Männermodel steckte die Geldscheine ein, schüttelte Hubertus die Hand und ging zu seinem Jaguar.

Hubertus drehte sich in Richtung Hafenanleger und somit in Richtung Fred und Mia. Er erstarrte.

High Noon, dachte Fred. Unwillkürlich wurde sein Gang Gary-Cooper-hafter.

Jetzt kam's drauf an: Würde Hubertus davonlaufen oder würde er sich dem Duell stellen?

Weder noch, wie sich herausstellte. Er sackte förmlich in sich zusammen. Sein Kinn sank auf die Brust. Aus dem aufrechten Kämpen wurde mir nichts, dir nichts ein Gebrochener mit eingefallener Körperhaltung.

Mia bekam das nicht mit, weil sie den Kilt nach unten zog und ihr somit die Haare im Gesicht hingen.

Fred schlenderte lässig auf Hubertus zu. »Du bist aufgeflogen!«, konstatierte er.

»Ich wusste, es würde irgendwann herauskommen.

Ich wusste es.« Hubertus schüttelte resigniert den Kopf. »Okay, es ist aus.«

Fred musste sich weit vorbeugen, um ihn hören zu können.

»Was ist aus?« Fred verstand nur Bahnhof.

Hubertus ging darauf nicht ein. »Wie hast du es herausgefunden?«, fragte er, ohne Fred anzusehen.

Fred hielt den Atem an. Das da vor ihm war ein Mann, der innerlich zerbrochen war. Hatte er die Morde im Affekt begangen? Hatte sich irgendein Schalter in seinem Hirn umgelegt und ihn zur Killermaschine gemacht? Und war er jetzt wieder bei Sinnen und am Boden zerstört wegen seiner Taten? Kurzum: Würde Hubertus von Dobenstein die Morde gleich zugeben?

Fred zog sein Handy aus der Brokathosentasche, um das Geständnis aufzunehmen, aber als er »Test, Test, Test« ins Mikro sagte und es gleich darauf abhörte, war nur das irre Rauschen des Windes zu hören.

»Na gut, kommt mit.« Wie ein zum Tode Verurteilter schlappte Hubertus auf eines der Motorboote zu. Genauer gesagt, auf das größte der Motorboote, die dort vertäut waren.

Fred nahm Mia am Arm und führte sie mit sich.

Hubertus kletterte auf das orange-weiße Boot, das jeder Laie für eine Yacht gehalten hätte – wegen der Größe und der Sun Lounge und des überdachten Cockpits.

Fred half Mia hinauf und kam dank einer Windböe in den Genuss von rosa Pril-Blumen auf hellblauem Grund.

Im Cockpit des Bootes gab es eine orangefarbene Sitzgruppe. Das Innenraum-Design verströmte ein Siebziger-Jahre-Hippie-Feeling. *Das Pril-Höschen wird sich hier wohl fühlen*, dachte Fred verschmitzt.

Hubertus nahm eine Flasche Bier aus dem Kühlschrank und setzte sich.

Fred und Mia ließen sich ihm gegenüber nieder. Endlich Windstille.

Mias Haare fielen jedoch nicht in den Urzustand zurück, sondern blieben zerzaust. Im Gegensatz zu Freds unvermindert vorbildlicher Frisur.

Fred spürte Mias Körperwärme. Und nahm einen leichten Sommerduft wahr. Einen Moment lang war er abgelenkt.

Bis ihm Mia einen Ellbogenstupser versetzte. »Was?« Er schreckte auf.

»Hubertus will wissen, wie du es herausgefunden hast?«

Fred sah sein Gegenüber an. Wenn der jetzt alles gestand, konnten Mia und er das vor Gericht bezeugen. Das musste reichen.

Er setzte seinen Beichtvaterblick auf. Zumindest den Blick, den er von Priestern auf Kinoleinwänden kannte.

»Wie ich es herausgefunden habe? Nun …« Fred musste sich sehr beherrschen, um jetzt nicht ›mein Kind‹ zu Hubertus zu sagen. Er wollte ausführen, dass er seine Connections auf der Insel hatte, über eine wache Beobachtungsgabe verfügte und sich einen Reim auf all die Fakten gemacht hatte.

Es ließ sich nicht leugnen: Auch Fred hörte sich gern selbst reden.

Allerdings nicht so gern wie Hubertus. Hubertus war der unanfechtbare King der selbstverliebten Oratoren. Darum unterbrach er Fred jetzt schnöde.

»Es spielt keine Rolle, wie du es herausgefunden hast. Fakt ist: Ihr wisst Bescheid. Jetzt ist alles vorbei.«

Beichte am Abend, erquickend und labend, dachte Fred und beugte sich zum Kühlschrank hinüber, um für sich und Mia ebenfalls ein Bier herauszufischen. Aufstehen musste er dafür nicht, so wahnsinnig groß war das Motorboot dann doch nicht.

Was man auch daran merkte, wie heftig es auf den Wellen schaukelte.

»Dreihundert PS, zehn Meter lang, Sonnendeck, Bugstrahlruder, und ja, verdammt, Teak im Innenraum … aber diese unbeschreiblich unwiderstehliche Mischung aus Schönheit und Schnelligkeit …« Hubertus streichelte die Sitzbank. »… ich konnte nicht anders, ich musste sie einfach haben.« Er seufzte. »Sie hat natürlich ihren Preis. Über eine Viertelmillion. Das hatte ich nicht flüssig. Und mein Alter hat sich gesperrt. Ich musste meine Oma und meine Tanten angehen.«

Fred, der die Bierflasche schon angesetzt hatte, ließ sie wieder sinken. »Sprichst du vom Boot?«

Hubertus ignorierte Zwischenrufer. Immer schon, aber wenn es sich um Fred handelte, besonders. Und selbst ein neutraler Beobachter hätte diesen Zwischenruf für ignorierbar erachtet.

»Ich weiß, das widerspricht allem, woran ich glaube.« Hubertus fuhr sich mit beiden Händen über das Gesicht.

»Und ich glaube wirklich an unsere Sache! Mit jeder Faser meines Herzens glaube ich daran! Wir müssen um unsere Zukunft kämpfen, sonst haben wir keine mehr. Ich habe die ›Letzten Tage‹ nicht gegründet, weil ich mich wichtigmachen will …«

Auch nicht, um dir einen Vorrat williger Futon-Häschen zuzulegen?, dachte Fred lästerlich.

»… sondern weil ich nicht tatenlos zusehen wollte, wie unsere Welt gegen die Wand gefahren wird. Und ich lebe den Kampf! Dafür habe ich meine ganze bisherige Existenz aufgegeben. Mein Vater hat sich gegen mich gestellt, meine Berufsaussichten sind verbaut – aber all das ist ohnehin belanglos, wenn wir als Menschheit keine Zukunft mehr haben. Es geht um alles, das war mir alle Opfer wert.« Hubertus sah aus, als wollte er sich selbst auf die Schulter klopfen. Fand Fred. Der zudem dachte, dass Hubertus viel zu oft von *ich* redete statt von *uns*. Würden die Frauen aus seiner WG nicht hinter ihm stehen, wäre er nur ein isolierter Bekloppter, über den allenfalls ein Wochenblatt berichtete, als Kurztext zwischen der Werbung für Katzenfutter und der Ankündigung des jährlichen Blasmusikkonzerts.

Hubertus redete weiter. »Mein Kampf hat sich ausgezahlt! Ich bin einer von denen, die den Protest in die Mitte der Gesellschaft gebracht haben. Wegen Menschen wie mir wird so viel wie noch nie über die Klimakrise geredet. Und das ist auch gut so!«

Fred nahm jetzt doch einen Schluck Bier. Bedauerlich, wenn ein guter Kampf von dämlichen Typen geführt wurde – man wusste nie, ob man mitkämpfen und automatisch in die Defensive gehen sollte.

»Aber ich bin nicht perfekt«, räumte Hubertus ein. »Natürlich bin ich nicht perfekt. Wer ist das schon?« Er guckte trotzig. Aber er schaute nicht Mia oder Fred an, sondern die Teakholztischplatte.

»Als ich das Boot gesehen habe, war ich schlagartig verliebt.« Hubertus gönnte sich ein Lächeln. »Früher, als ich noch klein war, haben wir immer Ferien am Meer gemacht. Die ganze Familie. Und mein Alter, der sonst nie, nie, nie Zeit für mich hatte, ist mit mir im Motorboot übers Wasser gebrettert. Die Geschwindigkeit, die Gischt im Gesicht, das Lachen von Papa. Das ist bis heute meine schönste Kindheitserinnerung.« Er atmete tief aus. »Offenbar hat das etwas mit mir gemacht. Jedenfalls wusste ich vom ersten Moment an, dass ich dieses Boot besitzen muss. Ich MUSSTE es einfach haben.«

Jetzt sah er auf. Nicht um die Reaktion seines Publikums zu registrieren, sondern um noch detaillierter den Erklärbär für sein Fehlverhalten zu geben. »Ihr müsst wissen: Es ist kein neues Boot, es wurde nicht für mich gemacht.«

Mia kannte dieses Argument. Das sagte die beste Freundin ihrer Mutter immer, wenn sie im Winter mit einem Pelzmantel auftauchte: *Das Tier ist schon lange tot, es ist ja nicht so, als wäre es für mich gejagt worden oder würde aus einer Qualzucht stammen – und es wäre doch schade, wenn das Tier sein Leben umsonst gelassen hätte.*

Hubertus bewegte den Kopf hin und her. »Ich weiß,

was ihr denkt: Wie kann einer, der fürs Klima kämpft, ein Boot mit einem auf fossiler Energie basierenden Verbrennungsmotor und Teakausstattung haben? Und ja, das ist ein fettes No-No. Ich sehe schon die Schlagzeilen: *Hubertus der Heuchler und sein kesser Kahn.* Die Lügenpresse hätte nicht nur mich abgestempelt, sondern unsere ganze Sache. Das durfte ich nicht zulassen. Deswegen die Heimlichtuerei.« Er schlug mit der Handfläche auf die Tischplatte. »Aber nur, weil ich ein Mensch mit Schwächen bin, heißt das nicht, dass mein Kampf nicht ehrlich ist. Und wenn ihr das jetzt ausposaunt, dann unterminiert ihr alles, was ich bisher erreicht habe.«

Eine Träne kullerte über seine babypopoglatte Wange.

Echt jetzt, dachte Fred, *der kann auf Wunsch Wasser ablassen?*

»Was *ihr* erreicht habt!«, korrigierte Mia.

Fred war nicht hier, um weiter über die inneren Abgründe von Hubertus zu reden und darüber zu philosophieren, inwieweit fehlbare Menschen dennoch in der Lage sein sollten, den Kampf für das Gute zu führen.

»Ich bin nicht an deiner heimlichen Liebe zu einem Motorboot interessiert«, sagte er. »Ich will nur wissen, wo du mit dem Teil heute warst?«

Fred reflektierte seine Abneigungen durchaus. Auch in einem Moment wie diesem. Mochte er Hubertus deswegen nicht, weil er ihm ein schlechtes Gewissen verursachte? Hubertus von Dobenstein, Retter der Welt, und Frederich Mencksen der Fünfte, Müßiggänger? Nein, fand

Fred, es konnten nicht alle die Speerspitze im Klimakampf sein, es brauchte auch eine Basis. Fred trug seinen Teil bei. Fuhr Elektroauto, war schon ewig in kein Flugzeug mehr gestiegen, und auf dem Weg zum Bäcker hatte er stets eine ausziehbare Greifzange dabei, mit der er Müll am Wegesrand aufsammelte. Das machten hier im Dorf übrigens einige. Denn wer schön wohnt, will, dass es so bleibt. Nur wer in einer heruntergekommenen, verratzten Gegend wohnt, wirft weg und lässt liegen, es kommt ja nicht drauf an.

»Wo ich heute mit dem Boot war?« Hubertus runzelte die Brauen. Fred hegte den Verdacht, dass Hubertus sie zupfte. Sah gut aus. Er überlegte, ob er das auch tun sollte. Aber wuchsen die dann immer wieder nach? Oder musste man sich, wie seine Großmutter, irgendwann mit einem Filzstift Brauen aufmalen?

»Heute?« Hubertus schnitt eine verständnislose Grimasse. »Ich war heute noch gar nicht auf dem Boot. Heute Morgen hatten wir die Aktion am Bahnhof, und danach war ich mit den anderen in der Wohnung. Bis … der Anruf kam.«

Der Wind beutelte das Motorboot zunehmend heftig. Immer wieder wurde Fred gegen Mia gepresst. Er mochte das.

»Welcher Anruf?«, fragte Mia.

»Der Typ, der mir das Boot verkauft hat, hat die letzte Rate eingefordert.« Hubertus atmete genervt aus. »Ich war anderthalb Monate überfällig. Wegen des Bootes habe ich unsere Gruppe nach Sylt gebracht. Damit ich es sehen, mit ihm rausfahren konnte. Aber eben auch, weil ich noch Schulden beim Vorbesitzer hatte. Das Geld, das mir meine Tante Ida zugesagt hatte – Tante zweiten Grades, aber total lieb –, blieb nämlich aus. Ich habe ihn über Wochen vertrösten können, aber heute hat er gedroht, mir das Boot wieder wegzunehmen. Nicht nur gedroht – in die Tat umgesetzt. Er hatte es schon nach List überführt! Ich bin sofort zu meiner Tante …«

»Deine Tante wohnt auf Sylt?« Fred fand das erstaunlich. Aber auch, wenn er meinte, so gut wie alle Einheimischen zu kennen, musste er jetzt und hier feststellen, dass das für die Angehörigen zweiten Grades der Einheimischen nicht galt.

»Aber ja, Tante Ida hat hier ein Haus. Deswegen waren wir in den Ferien ja immer hier und nicht auf Rügen oder Bornholm.« Hubertus stockte. »Wo war ich?«

»Geld«, soufflierte Fred.

»Genau. Ich bin zu meiner Tante geradelt, und sie hat mir ihren Notgroschen gegeben, damit ich das Boot behalten kann.«

Fred fand das völlig normal, aber Mia stammte nicht aus so wohlhabenden Kreisen. Sie dachte an das fette Geldbündel, das er vorhin abgezählt hatte. »*Das* war der Notgroschen deiner Tante Ida?«

Hubertus zuckte nur mit den Schultern.

Mia dachte an ihren eigenen Notgroschen. Ein Sparschwein voller Münzgeld und ein einsamer Hunderter in einem Geheimfach ihrer Handtasche.

»Ich habe den Vorbesitzer angerufen und ihm gesagt,

dass ich die ausstehende Rate in bar habe, und er hat das Boot eben aus List hergebracht. Jetzt gehört es mir.«

Hubertus strahlte auf. Er streichelte wieder über das Holz. Fehlte nur noch, dass er dabei schnurrte.

»Du hättest aber Grund und Gelegenheit gehabt, heute nach List zu fahren und dabei an Kampen vorbeizukommen.«

»Bin ich aber nicht«, sagte Hubertus, betont lässig.

Zu lässig?, dachte Fred.

»Das kann jeder behaupten. Soll ich dir sagen, was ich denke? Ich denke, du hast bei eurer Klebeaktion gesehen, wie Garstig auf die Insel kam. Du bist entweder selbst nach Kampen und hast ihn ermordet. Oder du hast …« Fred sah zu Mia, sie hatte die Lippen zusammengepresst. »… oder du hast Pia dazu angestiftet. Und danach habt ihr Törgesen ermordet. Warum auch nicht? Zwei Umweltschweine auf einen Streich. Motiv und Gelegenheit!«

Hubertus wurde bleich.

Die wächserne Blässe eines Mannes, der sich überführt weiß?

»Soll das … ein Scherz sein? Ich … verstehe dich … nicht«, stotterte er.

Fred schnalzte mit der Zunge. »Akustisch, bildungstechnisch oder IQ-mäßig?«

»Wenn du irgendwas mit den Morden zu tun hast, will ich, dass du Pia da raushältst, hast du verstanden?«, fauchte Mia.

Hubertus starrte sie an. »Ihr denkt das wirklich! Ihr

haltet mich für einen Mörder?« Seine Augäpfel zuckten hin und her, wie in der REM-Schlafphase. Nur dass er in diesem Moment hellwach war und zu überlegen schien, was alles gegen ihn sprach. Offenbar kam er zu dem Schluss, dass verdammt viel gegen ihn sprach. Motiv und Gelegenheit, wie Fred gesagt hatte.

Hubertus schluckte schwer, starrte erst Mia, dann Fred an – und katapultierte sich förmlich von der Sitzfläche und lief auf das Geländer des Bootes zu, er hielt sich mit der rechten Hand am Geländer fest und stieß das rechte, dann das linke Bein ab, während er mit der linken Hand verhinderte, dass sein Gesäß Geländerkontakt bekam. Im Parkour nannte man das *Lazy Vault*. Schwer kam er auf dem Anleger auf – und sprintete davon.

Fred sprang ebenfalls von Bord. Längst nicht so elegant. Aber für ihn kam es auf das Ergebnis an, nicht auf die Ausführung. Außerdem trug er einen Brokatanzug. Ohne Stretchanteil.

Er wollte schon die Verfolgung aufnehmen, da hörte er hinter sich ein »Aua! Verdammt!«.

Mia war beim Sprung vom Boot falsch aufgekommen.

Sofort hastete Fred zurück. »Mia?«

»Nein, lauf ihm nach, du kannst ihn einholen!« Mia glaubte inzwischen ebenfalls, dass Hubertus mehr zu verbergen hatte als nur die tiefe Liebe zu einem ganz und gar nicht klimaneutralen Motorboot.

»Ich lasse dich hier nicht im Stich.« Fred kniete sich vor ihr auf den Anleger und tastete ihren Knöchel ab. Er konnte förmlich spüren, wie der anschwoll.

»Das sieht nicht gut aus, ich glaube, ich du hast dir den Fuß verknackst.«

»Mist!«, fluchte Mia. Und setzte noch ein »Kacke!« obendrauf.

»Kannst du auftreten?«

Mia versuchte es, brach aber unmittelbar in klägliches Jaulen aus.

»Warte, das haben wir gleich.«

Fred war nicht der athletisch-muskulöse Ritter im Brokatanzug, der Frauen auf Händen tragen konnte wie ein New Yorker Feuerwehrmann, der eine Maid aus einem brennenden Haus rettete. Aber wo ein Wille ist, ist auch genug Muskelkraft. Dachte er. Erwies sich jedoch als Irrtum.

Trotz ihrer Schmerzen musste Mia lachen, als Fred sie hochheben wollte, daran allerdings kläglich scheiterte.

Er ging in die Knie. Hätte sie sich nicht an einem Poller festgehalten, wären sie womöglich beide ins Wasser gefallen.

Sie entschieden sich für die einzige Alternative der gemeinsamen Fortbewegung.

Mia legte den Arm um Freds Schultern und hüpfte mit seiner Hilfe einbeinig zum Auto.

»Was jetzt?«, fragte Mia, als er sie auf dem Beifahrersitz verstaut hatte.

Er schloss die Wagentür, lief ums Auto herum und nahm auf dem Fahrersitz Platz.

»Jetzt hetze ich die Hüter von Recht und Ordnung auf Hubertus. Aber als Erstes bringe ich dich zum Arzt. Holladrio!«

Unwetterwarnung des Deutschen Wetterdienstes: Warnstufe 4, Violett

Extreme Gefahr durch das Wetter. Folgen Sie den Anweisungen der Behörden. Aufenthalte im Freien vermeiden – Lebensgefahr!

Die Deutsche Bahn teilt mit, dass der Bahnverkehr zwischen Westerland und Niebüll vorübergehend eingestellt wird.

Kapitel 13

Fred blamiert sich,
Kell schnappt sich einen Killer.

Jetzt war er da, der Sturm.

Aber Sylt hatte schon deutlich Schlimmeres erlebt. Meistens allerdings im Winter, nicht in der Hochsaison. Zudem spielte das Meer verrückt und flutete untypisch. Die Experten waren sich jedoch einig: Die Deiche würden halten. An diesem Tag.

Natürlich würde das Meer wieder an Sylt knabbern. Jedes Jahr trugen starke Westwinde und die Brandung schätzungsweise eine Million Kubikmeter Sand ab, die mühsam wieder aus dem Wasser geholt werden mussten. In diesem Jahr würden es definitiv über eine Million werden.

Aber ansonsten war es »Sturm-Business as usual«. Wenn die Leute nur halbwegs vernünftig wären, könnte die ganze Sache gut ausgehen. Weiter südlich wütete der Sturm deutlich wilder.

Zu den Leuten, die nicht vernünftig waren, gehörten Fred und Mia.

Fred flitzte wie ein Berserker durch die Nacht, die noch gar keine Nacht war, sondern nur der Sturm, der den Himmel einschwärzte.

Es war ein gutes Gefühl, etwas Sinnvolles zu tun. Nicht, dass es ihn sonst störte, keine Mission im Leben zu haben – und seien wir ehrlich, Bücher waren Nahrung für die Seele, aber gebrauchte Bücher für wenig Geld in liebevolle, neue Hände zu überführen, war zwar eine gute Tat und sorgte bestimmt für ein positives Karma, aber stellte es wirklich einen richtigen Job dar?

Das hier, das beflügelte Fred.

Wie Superman einer hilflosen Frau mit verknackstem Knöchel zu helfen.

Einen Killer wie Hubertus aufzuspüren. Ja, Killer. Wenn er wirklich unschuldig wäre, warum hatte er dann die Biege gemacht?

Die Polizei fand sicher auch allein heraus, dass der Täter ein Klimaschützer sein musste, aber er, Fred, war jetzt gewissermaßen ein Insider, und sein Know-how würde zu einem schnellen Zugriff führen. Da war er sicher. Und genau das beflügelte ihn und seinen Bleifuß.

In Rekordzeit – schon allein wegen der geisterhaft leeren Straßen – schaffte er es nach Kampen. Unversehrt an Leib und Leben und Autoblech.

»Wolltest du mich nicht zum Arzt bringen?« Mia zweifelte an ihm.

»Genau das habe ich getan.«

Er half ihr beim Aussteigen und dabei, zu dem Nicht-Reetdach-Haus um die Ecke zu humpeln.

Ferienwohnung Dulcinea war in ein Holzschild neben der Tür zur Einliegerwohnung geschnitzt.

Fred klingelte.

Mia erkannte den Mann, der die Tür öffnete, sofort. Dr. Holle, der Arzt, dem die Promis vertrauten. Er war ein bundesweit bekannter Fernseharzt mit überaus erfolgreicher Scripted-Reality-Serie auf einem Privatsender, in der er bekannte Nasen behandelte. Eingewachsene Fußnägel bei einem Formel-1-Fahrer? Migräne bei einer TV-Kommissarin? Eine Lebensmittelunverträglichkeit bei einem Politiker? Bei Dr. Holle waren sie in besten Händen.

Mia hatte das immer für groben Unfug und ihn für keinen echten Mediziner gehalten.

»Mia hat sich den Fuß verstaucht«, sagte Fred.

»Immer herein in die gute Stube.«

Unter Ferienwohnung verstand Mia etwas mit zusammengewürfelten Möbeln und nicht zusammenpassender Bettwäsche, wo man in der Küche noch halbvolle Kaffeedosen und eine angefangene Packung Spaghetti mit Gewürzmischung von den vorherigen Gästen fand.

Das mochte es in Kampen eventuell auch geben, Dulcinea fiel nicht darunter. Von kundiger Hand kombinierte Designermöbel und, die Tür zum Schlafzimmer stand offen, Bettwäsche aus Luxusbaumwolle. Falls in der Küche etwas vom Vormieter zurückgeblieben sein sollte, dann vermutlich eine Fünfzig-Gramm-Dose Beluga-Kaviar.

»Hier bitte.« Dr. Holle zeigte auf eine Corbusier-Liege.

Mia wurde von Fred liebevoll gebettet, während Dr. Holle ein Kissen unter ihren Fuß legte.

»Was ist denn passiert?«

Mia erzählte, wie sie tollkühn von einem Motorboot springen wollte, ohne vorher Aufwärmübungen gemacht zu haben. Dann sah sie ihn misstrauisch an. »Sie heißen doch nicht wirklich so, oder? Doktor Holle?« Sie war sonst zurückhaltender, aber jetzt fasste sie ihren Zweifel in Worte.

Holle lachte. »Doch. Sander Holle. Ist übrigens keine Abkürzung für Alexander, ist mein richtiger Name. Ein Fluch. In der Schule haben mich natürlich alle Frau Holle gerufen.«

»Aua.«

Sein einfühlsames Abtasten ihres Knöchels hatte nicht wirklich weh getan, aber Mia wollte rechtzeitig signalisieren, dass eine Grenze erreicht wurde.

Fred stand besorgt daneben. Er war es nicht gewöhnt, einen Menschen zu haben, um den er sich sorgte. Er war ja immer allein.

»Das wird wieder«, prognostizierte Dr. Holle. »Ich empfehle, den Fuß hochzulagern, eine Kompressionsbandage und Ruhigstellung. Nach ein, zwei Wochen sollte das abgeheilt sein.«

»Ein, zwei Wochen?«, quiekte Mia. »Ich muss meiner Schwester beistehen!«

»Ich bin doch auch noch da«, sagte Fred.

Mia schaute wenig beruhigt.

Dr. Holle holte ein Arztköfferchen und legte Mia mit kundiger Hand eine Kompressionsbandage an. »So. Und jetzt ins Bett.«

»Kannst du mir ein Taxi rufen?«, bat Mia und sah Fred an.

»Ein Taxi? Bei dem Sturm? Das kommt gar nicht in Frage. Bis der Knöchel abgeheilt ist, schläfst du bei mir.«

»Zwei Wochen?« Mia grinste.

»Für heute Nacht wäre das eine gute Idee«, fand Dr. Holle. »Wenn sie wirklich ihre Ruhe hat!« Er sah Fred streng an.

Der wurde rot. »Selbstverständlich!«

Weil Holle Fred kannte und er selbst jeden Tag zwei Stunden ins Fitnessstudio ging, weil die Kamera immer sechs Kilo draufpackte und in seinem Vertrag ausdrücklich stand, dass er medienkonform auszusehen hatte, nahm Dr. Holle Mia auf die Arme und trug sie um die Ecke zu Freds Haus.

»Gleich ins Schlafzimmer«, rief Fred, während er Holle und Mia ins Haus ließ. Es ärgerte ihn, dass er sich durch Holles Muskelkraft einen Ticken entmännlicht fühlte.

Holle setzte Mia vorsichtig ab.

»Ich schau morgen früh noch mal vorbei«, sagte er, klopfte Fred auf die Brokatschulter und ging.

In Holles Luxusbude hatte sich Mia unwohl gefühlt, aber hier bei Fred ging's. Obwohl bestimmt alles ähnlich teuer gewesen war.

Aber hier hatte alles – die Auswahl der japanischen Bilder an der Wand, die Bücher auf dem Nachttisch, der Teppich – einen Touch von Fred.

»Im Bett ist Platz für zwei«, sagte der jetzt. Es stimmte, das Bett war riesig. Nicht Kingsize, nicht Queensize … Kaisergröße. »Ich mache mich auch nicht an dich ran, Ehrenwort. Ich könnte dir zum Einschlafen was vorlesen.« Fred sah so aufrichtig-pflichtbewusst aus wie ein Pfadfinder-Wölfling.

»Darum geht's nicht. Ich brauche ein Bett für mich allein … ich bin eine unruhige Schläferin. Ich rotiere wie ein Grillhähnchen. Du würdest kein Auge zukriegen, glaube mir.«

»Du hast dir doch aber in der WG eine Matratze mit deiner Schwester geteilt.« Fred witterte eine Ausrede.

»Bei Pia ist es mir Wurst, ob sie Schlaf kriegt oder nicht.«

So, jetzt war es gesagt. Mia wurde rot.

Gott sei Dank schlug in diesem Moment ein Ast gegen die Schlafzimmerfensterscheibe. Das lenkte Fred ab.

»Warte, ich mache die Holzläden zu, dann hast du es ruhiger.« Er ging zum Fenster, sah hinaus und rief: »Der Kommissar geht um! Ich muss los!« Und – zack! – war er auf und davon.

»Äh …« Mia stützte sich im Bett auf. »Fred?«, rief sie ihm hinterher.

Aber da hörte sie ihn unten schon ächzen und stöhnen und »Menno!« rufen, und gleich darauf schlug die Küchentür zu. Besser gesagt, sie knallte zu. Das war dem Wind geschuldet, keinem Gewaltakt seitens Fred.

*

Fred war in aller Eile in seine Öljacke geschlüpft, die eigentlich für Hochseefischer und Bohrinselmitarbeiter gefertigt worden war und in der er sich mit seinen manikürten Händen normalerweise wie ein Hochstapler fühlte. Nicht so heute: Der Orkan rechtfertigte auch bei ihm den Facharbeiterdresscode.

Es fing aber schon damit an, dass er die Tür nicht aufbekam, weil sich der Wind dagegenstemmte.

Fred, nicht dumm, ging zur Rückseite des Hauses und verließ es durch die Küchentür zum Garten. Ein riesiger Ast verfehlte ihn um Haaresbreite.

Fred presste sich an die Hauswand und hinterfragte seine Entscheidung, sich bei diesem Unwetter ins Freie zu wagen. Aber er hatte den Point of no Return längst hinter sich gelassen: Er wollte der Polizei seinen Input übermitteln. Ob die ihn brauchte oder nicht.

Fred kämpfte sich ums Haus herum bis zum Vorgarten, dann weiter zur Pforte. Einmal hätte es ihm beinahe die Beine unter dem Körper weggerissen. Den Kopf musste er immer wieder aus dem Wind drehen, um noch atmen zu können, und dabei sah er Mia in seinem hell erleuchteten Schlafzimmer am Fenster stehen.

Ihre Körperhaltung sprach Bände: *Hätte ich mir nicht den Fuß verknackst, wäre ich längst an deiner Seite.*

Er machte sich nichts vor. Nur Vollidioten gingen bei Orkan ins Freie!

Egal, Herausforderung angenommen: Wenn schon Idiot, dann wenigstens einer erster Güte. Er stemmte sich gegen den Wind und schaffte es bis vor die Villa des frisch verblichenen Garstig.

Wo Hauptkommissar Kell sich gerade aus dem Streifenwagen hievte. Zu hieven versuchte. Gar nicht so einfach bei Windstärke zwölf. Obwohl, im Carport vermutlich nur Windstärke elf.

»Ich muss Ihnen etwas mitteilen!«, brüllte Fred.

Der Wind brüllte lauter.

»Was?«, sagte Kell. Was Fred nicht hören konnte, ihm aber von den Lippen ablas.

»Es war Hubertus von Dobenstein!«, brüllte Fred.

Kell schüttelte den Kopf, packte Fred am Ölärmel und zog ihn zur Haustür. Filipovic, der den Chauffeur gegeben hatte, obwohl er eigentlich schon Feierabend hatte, aber er kam ja sowieso nicht von der Insel runter, da konnte er ruhig den Überstundenzuschlag einsammeln, presste den Zeigefinger auf den Klingelknopf.

Hatte die Klingel einen Ton von sich gegeben? Vielleicht sogar das Big-Ben-Läuten? Es ließ sich nicht feststellen. Hier hörte man nur einen, und das war der Orkan.

Aber just, als Filipovic den Zeigefinger erneut ausfahren wollte, wurde die Tür geöffnet. Von Dr. König!

Es ist alter Brauch unter Seefahrernationen, dass Schiffbrüchigen Rettung gewährt wird. Das gilt auch für Orkanflüchtlinge auf dem Festland. Dr. König hatte davon aber offenbar noch nichts gehört, denn er blieb fett mitten in der Tür stehen. Man konnte auch als sehniger Marathonläufer, Golfspieler und Intervallfaster fett den Weg versperren. Das war weniger eine Frage der Kilos, mehr der inneren Einstellung.

Kell marschierte wie eine wärmegesteuerte Zielerfassungsrakete schnurstracks auf ihn zu, zog anfangs nur Fred, später auch Filipovic mit sich und machte keinerlei Anstalten, vor König anzuhalten. Der hatte nur die Wahl, plattgewalzt zu werden – oder auszuweichen.

Er wich aus.

Kell schloss die Tür hinter sich.

»Friedl, wer ist das?«, rief Vanessa Löb aus dem ersten Stock.

Kell hätte ja vermutet, dass sie Gernfried zu Gerni kosekürzen würde. Damit es sich auf Robbi reimte. All ihre Exe einte das End-i.

Aber nein.

»Wir müssen noch einmal mit Ihnen reden, Frau Löb«, polterte Hauptkommissar Kell.

Fred folgte Kell in die Mitte der Lobby.

Frau Löb stand im Negligé am Treppenkopf. Ein züchtiges Negligé, dennoch voller Verheißung. Fehlten nur noch die ondulierten Haare, dann hätte sie in einem Schwarz-Weiß-Noir-Krimi mitspielen können. An der Seite von Humphrey Bogart.

Sie sah zu ihrem Therapeuten. Der offensichtlich die Nacht hier verbringen wollte, denn unter seinem Sakko trug er eine Pyjamahose.

»Was denn für Fragen? Es ist doch alles geklärt!«, sagte sie, nachdem er nur mit verschränkten Armen an Ort und Stelle stehen blieb.

Den Polizisten fielen die gepackten Koffer auf, die hinter König neben der Garderobe standen.

»Zum Beispiel die Frage, ob Sie abreisen wollen.« Kell sah zu ihr hinauf.

»Nun ja, das versteht sich doch von selbst, oder? Soweit ich weiß, stehe ich nicht im Testament. Da muss ich die Villa doch räumen.« Sie schaute desinteressiert.

Filipovic schaute umso interessierter. »In dem Karton

neben den Koffern sind vergoldete Kerzenständer und ein antiker Aschenbecher.«

»Die habe ich mit in die Beziehung gebracht.« Aus Desinteresse wurde Abwehr.

Ja klar, dachte Kell. Aber darum ging es ihm hier nicht. Er öffnete den Mund, wurde aber unterbrochen. Von Fred. Weil Kell in diesen wenigen Minuten vergessen hatte, dass er Fred mit ins Haus gezogen hatte, fuhr er tatsächlich ein wenig zusammen.

»Ich kann einen wichtigen Hinweis im Mordfall Garstig geben«, fing Fred an. Als Steppke hatte er diesen Satz immer bei *Aktenzeichen XY … ungelöst* gehört. Endlich bekam er seine Chance, ihn selbst einmal anzuwenden. »Der Fall ist gewissermaßen schon gelöst.«

Weil Fred seit früher Kindheit gewöhnt war, dass die Leute ihm zuhörten – was nicht an einem angeborenen Charisma lag, sondern daran, dass sein Vater ultrareich war und die Leute, die ihm damals zuhörten, alle für seinen Vater arbeiteten –, schälte er sich jetzt mit selbstbewusster Gelassenheit aus seiner Öljacke, warf sie auf einen der Sessel vor dem Kamin und hätte jetzt gern Hosenträger gehabt, um seine Daumen einzuhaken. Das hätte mehr hergemacht. Aber es ging auch so.

König und Frau Löb glitten unmerklich aufeinander zu, Filipovic ertappte sich dabei, wie er automatisch ebenfalls auf seinen Chef zugleiten wollte, und konnte sich gerade noch stoppen. Im Menschen steckt mehr Lemming, als man zugeben möchte – wenn alle anderen etwas machen, macht man unwillkürlich mit.

»Der Mord an Garstig war kein Zufall. Er war nicht von langer Hand geplant, aber er geschah in voller Absicht!« Fred hätte jetzt gern anklagend auf irgendjemand gezeigt. Noch lieber auf Hubertus von Dobenstein, aber der hatte sich ja verdünnisiert. Ersatzweise zeigte er auf das allererste Schiff aus Garstigs Verklappungsflotte, das er in Öl hatte malen lassen. Grob war das jedoch auch die Richtung von Dr. König und Frau Löb, und er rief: »Ich weiß zudem, dass die beiden Morde zusammenhängen. Ich verfüge über sämtliche Indizienbeweise. Das Spiel ist aus!«

Fred hätte über Hubertus nicht so harsch urteilen dürfen. Er hörte sich durchaus auch gern reden. Allerdings erzielte er beim Salbadern nur selten so eine Wirkung wie in diesem Moment.

Frau Löb schrie auf. Und hörte nicht mehr auf.

König zog die Schultern hoch und streckte alle zehn Finger von sich, wie Max Schreck in *Nosferatu*.

Und dann lief er doch tatsächlich davon. Durch den Flur zum Poolbereich, weiter ins Gästehaus und anschließend anzunehmenderweise nach draußen.

Kell gab Filipovic ein Zeichen. Der spurtete hinterher.

Dann zückte Kell sein Handy, drückte eine Kurzwahl und sagte: »Gernfried König ist auf der Flucht. Verlässt möglicherweise die Villa.«

Fred war ein wenig durcheinander, fand die Gemengelage aber dennoch spannend. Schwebte über der Villa ein Hubschrauber mit Suchscheinwerfern? Wartete ein

Mannschaftswagen mit Menschenjägern an der Ecke zur Kampener Hauptstraße?

»Jetzt beruhigen Sie sich doch!«, bellte Kell und ging auf Frau Löb zu. Fred rechnete sehr damit, dass er ihr eine Ohrfeige versetzen würde, um sie zur Besinnung zu bringen, aber sie verstummte von ganz allein. Kell nahm sie am Ellbogen, führte sie zum Kamin und drückte sie sanft in den freien Sessel. Auf dem anderen saß ja schon Freds Öljacke.

Kell drehte sich zu Fred. »Und jetzt Sie, Bürschchen. Was reden Sie denn da?«

»Wollen Sie mir nicht zuvor sagen, in was ich da hineingeraten bin?«, bockte Fred. »Ich wollte nur meine Bürgerpflicht erfüllen und Sie von meinen Überlegungen in Kenntnis setzen.«

»Sie wussten, was Frau Löb und Herr König getan haben?«

Fred sah zu Frau Löb, die ins prasselnde Kaminfeuer starrte. Wobei der Hinweis wichtig wäre, dass es sich um ein digitales Kaminfeuer handelte – mit Sound, aber ohne Wärme und ohne Dreck.

»Äh …«, sagte Fred.

»Dachte ich mir doch.« Kell holte tief Luft. »Na schön, dann raus damit: Was ist Ihre Theorie?«

»Die Morde an Garstig und Törgesen hängen zusammen. Beide waren Umweltschweine. Beide befanden sich zum selben Zeitpunkt auf der Insel wie ein Hardcore-Klima-Aktivist, der immer schon gesagt hat, dass gesellschaftliche Änderungen Opfer erfordern.« Fred war versucht, *J'accuse!* zu rufen, ließ es aber. »Ich glaube, Hubertus von Dobenstein hat die Gunst der Stunde ergriffen. Er sah Garstig anreisen, ist ihm gefolgt und hat ihn erschlagen. Und dann ist er mit seinem Motorboot nach List und hat Törgesen die Kehle aufgeschlitzt.«

Kell behielt sein Pokerface bei. Er wollte etwas darauf erwidern, aber Fred fiel ihm ins Wort. »Eventuell hat Hubertus Pia Elbel zur Mitwisserin gemacht. Aber der Schuldige war allein Hubertus!«

Kells Mundwinkel zuckten jetzt doch ein bisschen. Für Menschen, die ihn nicht gut kannten, war das unmerklich.

»Ah ja, von Dobenstein. Sein Anwalt hat mich eben angerufen. Proaktiv … um gleich jedwedem Verdacht zuvorzukommen. Sein Mandant ist offenbar bei seiner Tante Ida und steht uns für Fragen zur Verfügung. Wir haben aber keine.«

»Sie … haben keine?« Fred verstand die Welt nicht mehr. »Warum nicht?« Ein Verdacht keimte in ihm auf. Es wäre nicht das erste Mal, dass ein Multimillionär wie der alte von Dobenstein einen Gesetzeshüter bestach, damit sein Sprössling ungeschoren davonkommt.

»Aus dem einfachen Grund, weil es keinen Zusammenhang zwischen den Morden an Garstig und an Törgesen gibt. Sehr wohl aber einen zwischen Garstig und Bruns.«

»Wer ist Bruns?«

»Der Securitymann, der Doktor König erpressen wollte. Weil er nämlich doch etwas gesehen hat. Nicht wahr, Frau Löb?«

Frau Löb hatte keinerlei Interesse daran, sich an der Unterhaltung zu beteiligen.

»Aber …« So schnell gab Fred nicht auf.

»Laut Aussage seiner Sekretärin konnte niemand wissen, dass Garstig nach Sylt kommen wollte. Es war ein spontaner Entschluss. Nur eine wusste davon: seine Lebensgefährtin. Die sagte es ihrem Lover, der der Therapeut von Garstig war. König buchte sich in einem Hotel ein. Und wartete schon auf Garstig, als der eintraf. Und erschlug ihn mit dessen eigenem Golfschläger. Was Frau Löb jedoch nicht wusste: Die Villa war nicht unbewohnt. Garstig hielt sich dort noch eine weitere Geliebte. Und weil er seine Frauen nicht gern teilte, hatte er eine separate Überwachungskamera am Eingang installieren lassen. Deswegen bekam Bruns sehr genau mit, wer hier ein und aus ging. Und wollte daraus einen Gewinn ziehen. In den Kopfwunden, die man ihm mit einem Golfschläger zugefügt hat, fanden sich Haare und Gewebe von Robert Garstig!«

Noch nie, in seinem ganzen Berufsleben nicht, hatte Hauptkommissar Kell so eine Poirot'sche Aufklärungs-Session durchführen können. Auch wenn Fred sein einziges Publikum war.

Der stand auf und tigerte auf und ab. »Dann war der Mord an Garstig eine Beziehungskiste? Seine Freundin und ihr Lover wollten ihn loswerden? Mehr war da nicht?«

»Kein Umweltgedanke.«

»Die Welt ist ohne ihn sauberer, das kann ich Ihnen versichern«, schaltete sich Frau Löb ein.

»STEHEN BLEIBEN!«, gellte die Stimme von Filipovic.

König hatte feststellen müssen, dass die Türen des Gästehauses allesamt verschlossen waren. Er hatte eine Runde gedreht, war zum Pool gelaufen, hatte versucht, seinen Verfolger abzuschütteln, indem er ihn mit Sitzkissen von den Liegen bombardierte, und kam nun durch den Flur wieder in die Lobby gerannt.

Ein Flur, in dem nicht nur die Koffer der beiden standen, sondern auch Fred.

Den Mann kommen sehen und seinen Fuß ausstrecken, war eins.

König stolperte, traf mit einem dumpfen *Plopp* schwer auf dem Fliesenboden auf und schlitterte noch ein paar Meter. Und schon kniete Filipovic auf seinem Rücken und legte ihm Handschellen an.

»Vanessa«, stöhnte König.

»Ich ruiniere mir deinetwegen doch nicht meine Fingernägel!«, giftete Frau Löb, enttäuscht von seinen Fähigkeiten als Krimineller.

Ein interessantes Statement, fand Fred. Als ob sie sich, wenn sie nicht gerade gestern bei der Nailstylistin gewesen wäre, in Superwoman verwandelt hätte und ihren Lover mit wehendem Umhang zu ihrem Heimatplaneten geflogen hätte.

»Herr König, Frau Löb, Sie sind wegen des Verdachts des gemeinschaftlichen Mordes verhaftet«, fing Filipovic an.

Kell unterbrach ihn. »Merken Sie sich, Herr König, es ist immer besser, auf dem Festland zu morden. Von der Insel kommt man bei Orkan nicht runter.«

»Doktor König«, brummte König. So viel Zeit musste sein.

»Dann lag ich also völlig daneben.« Fred klang geknickt.

»Im Mordfall Törgesen bin ich noch für Anregungen offen. Wenn Sie sagen, dass von Dobenstein ein Speedboot hat, dann werde ich das überprüfen.«

Fred nickte. »Ich war mir so sicher, was ihn angeht. Alle Puzzleteile passten so schön zusammen.« Dann sah er auf. »Aber was ist mit Pia?«

»Frau Elbels Anwalt ist eingetroffen. Sie hat ihre Aussage gemacht und wurde von einem Kollegen nach Hause gebracht. Sie hat Garstig ankommen sehen und ist ihm mit dem Bus gefolgt. Ohne mörderische Pläne, nur um herauszufinden, wo er wohnt. Damit die Gruppe irgendwann ihre Parolen auf die Villa sprühen konnte. Aber als sie am Haus ankam, war er schon tot. Sie hat ihn durch das Panoramafenster im Poolbereich gesehen, aber sie war völlig fertig. Nach List ist sie nur gekommen, weil sie niemanden sehen wollte. Sie brauchte Zeit zum Nachdenken. Und sie dachte, sie könne es niemandem sagen, weil sonst alle sie für die Täterin halten würden.«

Fred besaß den Anstand, rot zu werden.

»Sie sind in die Schwester verliebt, oder?« Kell schmunzelte.

»Ist es so offensichtlich?« Fred seufzte.

Was für ein Tag. Er hatte sich mit seiner Theorie von dem Klima-Aktivisten-Guru, mit dem die Gäule durchgegangen waren, vergaloppiert, aber immerhin war es sein

Fuß gewesen, der den wahren Mörder von Garstig und Bruns zu Fall gebracht hatte!

Hilfeleistung bei der Aufklärung von drei Morden? Gar nicht so übel, Fred, mein Junge, sagte er sich.

Kapitel 14

Broder Petersen geht aufs Trockendock,
Kell gönnt sich eine Mütze voll Gefühl.

»Ich stelle mich!«

Broder Petersen saß auf dem Besucherstuhl.

Er hatte alles geregelt, was zu regeln war. Dauerte nicht lang: keine Familie, keine Erben, sein bester Freund vor zwei Jahren gestorben. So hatte er nur die Nachbarin gebeten, sich um die streunende Katze zu kümmern, der er regelmäßig etwas zu fressen vor die Tür stellte.

»Wie denn, wollen Sie wegziehen?«

»Jau. Nach Flensburg.« Zumindest ging er davon aus, dass man ihn in die dortige JVA stecken würde.

»Weg von der Nordsee? Das geht ja gar nicht. Da vertrocknen Sie und schrumpeln ein.« Die Nachbarin guckte skeptisch.

»Jedenfalls bin ich erst mal weg.«

»Wenn das so ist, kümmere ich mich gern um das Tier. Ist ja ein ausgesprochen hübscher Jung, der Kater. Keine Sorge. Ich seh zu, dass er immer was zu fressen bekommt. Und wenn Sturm ist, hol ich ihn in die gute Stube.«

Petersen nickte. »Danke.«

»Da nich für.«

Dann hatte er seinen guten Anzug angezogen, mit Krawatte, und die gute Elblotsenmütze aufgesetzt und war mit dem Fahrrad nach Westerland geradelt. Eigentlich nur bis Wennigstedt, von da war er gelaufen. Der Wind blies einfach zu heftig.

Und jetzt saß er hier.

»Herr Petersen?« Kell staunte nicht schlecht über diesen Besuch.

Er drehte sich in den Flur und sah den Kollegen, der vor der Tür gewartet hatte, fragend an. Der zuckte nur mit den Schultern. »Ist von allein hier aufgetaucht. Sagt, er will sich stellen.«

Kell trat ein. »Wollen Sie etwas trinken?«

»Korn wär nicht schlecht«, sagte Petersen.

»Haben wir hier nicht. Kaffee?«

Petersen ahnte, dass ihm die Zeit im Knast nicht leichtfallen würde. Kein Meer, kein Korn. Aber watt mutt, datt mutt.

»Ich war's«, sagte er. »Ich hab dem Törgesen die Kehle durchgeschnitten. Hatte ich nicht geplant. Bereue ich aber auch nicht.«

Normalerweise schwadronierten die Leute, die sich freiwillig stellten, stundenlang über die Gründe für den Mord und warum das Opfer es verdient hatte. Manchmal noch mit einer Prise ›ist im Affekt geschehen‹.

Nicht so Petersen. Der hatte alles gesagt, was er sagen wollte.

Das würde eine lange Nacht. Kell machte sich locker, rollte erst die eine, dann die andere Schulter. »Wir haben hier unsere festen Abläufe. Ich muss Sie jetzt erst mal als Beschuldigten belehren. Sie sollen heute gegen zehn Uhr Vormittag auf offener See Herrn Rollo Törgesen mit einem Fischmesser die Kehle durchschnitten haben. Nach dem Gesetz steht es Ihnen frei, sich zu der Beschuldigung zu äußern oder aber die Aussage zu verweigern. Sie können jederzeit einen Verteidiger …«

»Mein Gott, muss das jetzt sein? So sitzen wir die ganze Nacht noch zusammen. Ich bin seit vier Uhr früh auf den Beinen.« Er sah zu einem Notizbuch auf dem Schreibtisch. »Müssen Sie das nicht mitschreiben? Noch mal erzähle ich das nicht!«

Kell gelang es nicht, sein Grinsen zu unterdrücken. »Macht heute alles die Technik. Dann drück ich jetzt auf Aufnahme.«

An der rechten Deckenecke flammte ein kleines Licht an einer Kamera auf.

Petersen wiederholte: »Ich war's, ich hab dem Törgesen die Kehle durchgeschnitten. Ist so 'ne spontane Sache gewesen. Ich stehe dafür gerade.«

Und wieder verstummte er, als sei damit alles gesagt. Aber dieses Mal streckte er die Arme aus, als erwartete er, dass Kell ihm Handschellen anlegen würde.

Kell sehnte sich fast nach den üblichen Alles-von-der-Seele-Schwätzern.

»Mir würde das ja reichen, aber wir brauchen die Details für die Akten. Vor Gericht wollen die immer alle Einzelheiten hören.«

Petersen schmatzte ungnädig mit den Lippen. »Hmpf. Dann nehm ich doch einen Kaffee.«

Kell drückte auf einen Knopf an seinem Schreibtischtelefon und bestellte Kaffee für sich und Petersen.

»Dann fangen wir mal an: Sie sind ihm zufällig auf hoher See begegnet? Ohne das geplant zu haben?«

»Jau.«

»Und dann?«

»Kam er mit seinem Speedboot auf mich zu. Der hat das Fahrwasser gequert! Der hätte ausweichen müssen. Hat er aber nicht!«

Der Kaffee kam. »Der Geschirrspüler hat den Geist aufgegeben. Darum leider nur Pappbecher.« Der Kollege stellte das Tablett auf den Schreibtisch und zog sich wieder zurück.

Petersen häufte vier Stück Würfelzucker in seinen Becher, den er dann – mit beiden, schwieligen Händen haltend – zum Mund führte.

Kell wurde richtig warm ums Herz. Das war noch ein Fischer vom alten Schlag. Einer, dem Leute wie Törgesen die Lebensgrundlage entzogen. Einer, der mit dem modernen Leben nicht mehr klarkam. Eigentlich ein Guter! Kell hoffte nur, dass der Pflichtverteidiger – was anderes würde sich Petersen nicht leisten können – sein Bestes gab und ihm die Höchststrafe ersparte.

»Ich habe das mit dem Handy gefilmt. Bin ja gegen so'n neumodischen Kram, aber ich dachte, das ist jetzt die Gelegenheit, wo du das machst. Hab's nicht hingekriegt. Wurde nur ein Foto vom Wasser. Aber der Rollo hat das wohl gesehen und gedacht, ich geb das an die Presse oder so. Jedenfalls kam er längsseits und spuckte Galle. Er hat mir gedroht. Sagte, er macht mich fertig. Das wäre für ihn ein Klacks, wie wenn man eine Fliege an der Wand zerdrückt. Ich würde nie wieder rausfahren können. Mit mir sei's aus. Und einer wie ich gehöre sowieso längst aufs Altenteil. Und da hab ich gesagt, ob er sich nicht schämt, das sei doch eine Schande, was er mit dem Meer macht. Und da hat er nur gelacht. Da ist dann was mit mir durchgegangen. Ich war eh gerade am Ausnehmen von den Fischen. Und so eine Kehle ist ja flugs durchgeschnitten.«

Jetzt kullerte tatsächlich eine Träne über die wettergegerbte Wange von Petersen.

Kell schluckte.

»Das hab ich nicht gewollt. Das ist einfach so passiert. Aber ich kann nicht sagen, dass es mir leidtut. Das Meer war immer gut zu mir, ich bin dem Meer was schuldig gewesen.« Er kratzte sich über die Bartstoppeln am Kinn. »Und jetzt werde ich dafür geradestehen. Ich hätte mich ja gleich gestellt, aber ich hatte noch ein paar Dinge zu regeln. Ich wollte keine Unordnung hinterlassen.«

Petersen spürte Kells Blick. »Wirst du gerade gefühlig? Du guckst wie meine Oma selig immer guckte, kurz bevor sie mich mit beiden Händen packte und mir einen Schmatz gab.«

Kell lachte. »Keine Sorge, Beschuldigte anfassen ist verboten.«

»Musst kein Mitleid mit mir haben, min Jung«, sagte Petersen. »Ich weiß, was ich getan habe. Um den Törgesen ist's nicht schade. Leute wie er machen das Meer kaputt. Denen ist es egal, ob sie überfischen. Die denken nur an den eigenen Profit. Und Törgesen war von allen der Schlimmste. Ich weiß, dass man niemanden ermorden darf. Die Entscheidung über Leben und Tod ist dem Herrgott vorbehalten. Ich werde im Knast, weit weg vom Meer, eingehen wie eine vertrocknete Pflanze, aber das ist meine gerechte Strafe.«

Kell schluckte schwer.

Petersen nahm einen Schluck Kaffee. »Ich war mal verheiratet«, sagte er. »Glaubt man gar nicht, wenn man mich so sieht, oder? Meine Frau hieß Susanne. Suse. Ist im Kindbett gestorben. Es war Sturm. So wie heute. Da kam der Doktor nicht mehr rechtzeitig. Das Kind kam tot zur Welt. Und meine Suse ist verblutet.« Petersen stellte den Becher ab. »Ich glaube, die beiden warten auf mich, wenn ich oben ankomme. Auch wenn ich vorher vielleicht eine Runde durch den Keller drehen muss. Fegefeuer und so.«

Kell war Polizist geworden, weil er an Recht und Gesetz glaubte. Wo kämen wir denn hin, wenn alle einfach tun könnten, was sie wollten? Eine Gesellschaft braucht Regeln – und Leute, die diese Regeln durchsetzen. Leute wie ihn. Aber er war keine seelenlose Maschine.

»Die Erstvernehmung wird unterbrochen«, sagte er und schaltete das Aufnahmegerät aus. Dann zog er sein Handy aus der Hosentasche. Er kannte einen renommierten Strafverteidiger. Seinen Bruder.

»Sierk, hier ist Enno. Ja, ich weiß, wie spät es ist. Hör zu, du musst einen Fall übernehmen. Pro bono. Es geht um Mord aus gutem Grund …«

Epilog

Mia verliebt sich,
Fred hat da schon die Namen der Kinder
ausgesucht.

»Du hast also wirklich keinen Job? Lebst einfach so in den Tag hinein?«

»Yep, ein reicher Müßiggänger. Einer muss es ja machen.« Er grinste.

Mia schüttelte den Kopf.

»Ich sehe das so …«, sagte Fred, »… wenn sich niemand dem Müßiggang hingeben würde, um in aller Ruhe über die Pracht und Herrlichkeit des Lebens zu kontemplieren, würden Pracht und Herrlichkeit dann nicht aufhören zu existieren?«

»Du meinst, wenn im Wald ein Baum umfällt, und keiner ist da, um es zu hören, macht es dann überhaupt ein Geräusch?«

Fred nickte. »Jetzt hast du's begriffen.«

Mia sog tief die Sommerduftluft ein. Dann sah sie zu ihm. Weil ihr dabei die Sonne in die Augen schien, musste sie blinzeln. »Kommst du dir nicht nutzlos vor?«

Fred schob die Lippen so weit vor, wie es ihm anatomisch möglich war. »Nützlichkeit wird überbewertet.«

Sie hatten sich in den superbequemen Luxus-Liegestühlen vor Freds Antiquariat in der Sonne ausgestreckt und genossen den Tag.

»Schau, ich stelle zumindest nichts Schlimmes an. Ich kaufe keine Social-Media-Plattform auf, ich fliege nicht in die Erdumlaufbahn, ich habe keine Aspirationen zum Diktator.«

»Du könntest mit deinem Geld aber auch alle Erkältungskrankheiten für immer ausrotten. Oder wenigstens ein Heilmittel für Herpes finden.«

»Ich bin nicht Bill Gates.« Fred grinste. »Und außerdem hast du doch mitbekommen, was passiert, wenn ich versuche, etwas Sinnvolles zu tun, wie beispielsweise die Unschuld deiner Schwester zu beweisen. Ich mache mich zum Vollhorst.«

Mia lächelte und räkelte sich wohlig. »Das war dein erster Versuch. Nächstes Mal bist du schon besser. Ich glaube an dich.«

Dr. Holle, strohbehütet und gut gelaunt, kam Pfeife rauchend angeschlendert. Er rief mit seiner markanten, unverkennbaren Stimme aus zehn Schritt Entfernung: »Na, was macht der Knöchel?«

»Fast wieder wie neu!« Mia strahlte.

»Na also, Unkraut vergeht nicht, wie ich immer sage.« Dr. Holle sah zu Fred. »Und? Heute eine Buchempfehlung für mich?«

Fred sprang auf. »An dich habe ich neulich erst gedacht. Ich habe nämlich genau das Richtige für dich. Komm rein.«

Die Männer gingen in das Reetdachhäuschen.

Mia schloss die Augen.

Von jenseits des Gartens hörte man Schnucki kläffen.

Der Wind streichelte zart über ihre Haut.

Es roch nach *Rosa Rugosa*, der Sylter Heckenrose. Und nach Meer. Und nach Grillwurst, weil zwei Häuser weiter ein pensionierter Industrieller sein Barbecue angefeuert hatte.

Hatte gestern Nacht noch ein Sturm getobt? Kaum zu glauben. In diesem Moment herrschte pure Idylle. Die Bäume hatten etwas Laub gelassen, aber die Vögel zwitscherten schon wieder. Das Leben war schön.

Sylt war noch einmal verschont geblieben. Föhr und Amrum hatten etwas mehr Pech und Sachschäden erlitten. Am schlimmsten getroffen hatte es Pellworm: Land unter. Bäume umgekippt, Keller überflutet und Straßen und Wiesen überflutet, Schafe nass.

Vor dem Frühstück hatte Pia angerufen. Hubertus hatte den Mädels seine Liebe zu *Dulcinea* gestanden. Sie hatten ihn aufgefordert, sich zwischen dem Boot und ihnen zu entscheiden. Er hatte das abgelehnt. Woraufhin sie ihn basisdemokratisch als Führer abwählten und Pia zur neuen Chef-Aktivistin erklärten. Also alles gut an der Schwesternfront.

Mia schnurrte wohlig.

Hier lässt es sich aushalten, dachte sie. *In Kampen. Und bei Fred.*

Abrupt richtete sie sich auf.

»Mist!«

Es ließ sich nicht leugnen: Sie hatte sich in diesen exzentrischen, büchervernarrten, engagierten, wenn auch leicht verpeilten Kerl verliebt!

Fred würde seine Wette gewinnen …

Danksagung

Ich danke meiner großartigen Lektorin Gesine Dammel, die angesichts von gefühlt einer Million Sylt-Krimis fand, die Insel könne durchaus noch ein weiteres Buch verkraften. Und schließlich sei es nicht irgendeines, sondern ein Kruse-Krimi.

Ich danke meinem viel zu früh verstorbenen Agenten Lars Kossack, der die Idee zu einem Inselkrimi hatte. Ihm schwebte Pellworm vor, aber nun ist es eben Sylt geworden. Da kenne ich mich einfach besser aus. Es ist das letzte Buch, das er vor seinem Tod für mich vermittelt hat. Er fehlt!

Und darum danke ich auch Sylt. Normalerweise hat man nicht im Griff, wer sich in einen verliebt. Aber wenn man gar so sexy und aufregend und rundherum fantastisch ist wie Sylt, darf man sich nicht wundern, wenn sich so viele unsterblich in einen verlieben.

Unter anderem auch meine Cousine Tanja, die noch viel öfter als ich dort urlaubte und mir jedes Mal wieder aufs Neue Lust auf die Perle der Nordsee machte.

Zu guter Letzt ein Dank an alle, die diese Danksagung gelesen haben. Und sei es auch nur, um nachzuschauen, ob sie selbst darin erwähnt werden. Ich verstecke ja zu gern Insider-Wissen auf dieser allerletzten Seite. Wer Danksagungen liest, hat – zumindest bei mir – mehr vom Buch!

Konny und Kriemhild, beide über sechzig, führen nicht sonderlich erfolgreich eine Pension in der Provinz. Eines Tages wird die Idylle durch einen Mord gestört – und die Schwestern entpuppen sich als wahre Meisterdetektivinnen ...

In die Beschaulichkeit der Bed-&-Breakfast-Pension der Schwestern Konny und Kriemhild platzt eine Band junger Musiker, die den Haushalt ordentlich auf den Kopf stellt – bis einer von ihnen tot aufgefunden wird.

Hat der Gärtner den Gast versehentlich mit seinem Aufsitzrasenmäher umgefahren? War es wirklich ein Unfall? Oder nicht doch Mord? Kurzentschlossen nehmen die Schwestern die Ermittlungen selbst in die Hand – ihr Haus, ihre Regeln.

All das vor den Augen eines zufällig anwesenden Hotelkritikers. Und der Pensionskatze: dem unsäglich hässlichen Sphynx-Kater Amenhotep. Das Chaos ist perfekt!

Tatjana Kruse, Der Gärtner war's nicht! – Die K&K-Schwestern ermitteln. insel taschenbuch 4565. 316 Seiten

Piraten, Meerjungfrauen und ein Schatz – Konny und Kriemhild auf einem Roadtrip in ein maritimes Abenteuer, bei dem Blut und Lachtränen fließen ...

Drei Fremde schlagen die Pension von Konny und Kriemhild kurz und klein und verlangen von den beiden Schwestern, ihnen die Millionen auszuhändigen, die der Kommodore, Kriemhilds verstorbener Kapitänsgatte, ihnen schulde. Hat der Kommodore tatsächlich illegal einen antiken Schatz gehoben, seine Crew übers Ohr gehauen, den Schatz zu Geld gemacht und irgendwo gebunkert?

Auf der Suche nach der Wahrheit begeben sich Konny und Kriemhild – mit dem Kommodore im Handstaubsauger und Nacktkater Amenhotep in der Transportbox – auf einen Roadtrip in den hohen Norden. Dabei bekommen es die Frauen aus der Provinz mit knallharten Rockern, Hardcore-Kiffern, Hehlern und einer Frau zu tun, die behauptet, die Geliebte des Kommodore gewesen zu sein. Eine Achterbahnfahrt der Emotionen für die Schwestern und ein großes Vergnügen für die Leserinnen und Leser ...

Tatjana Kruse, Meerjungfrauen morden besser – Die K&K-Schwestern ermitteln. insel taschenbuch 4655. 320 Seiten.

**»Man sollte viel öfter tanzen.
Vor allem aus der Reihe.«**

Zwei taffe Schwestern, eine unauffindbare Leiche und ein liebes-
kranker Kommissar – es geht turbulent zu in Konnys und Kriemhilds neuestem Fall …

Konny und Kriemhild beobachten, wie der mächtigste Mann ihres Heimatortes eine Frau umbringt. Der bekommt das mit und
will auch Kriemhild aus dem Weg schaffen. Doch Kriemhild über-
lebt und beschließt, sich tot zu stellen, um auf eigene Faust den
Mörder zu überführen. Denn mangels Leiche ist die Polizei nicht
geneigt, gegen einen so prominenten Mitbürger zu ermitteln.
Während Kriemhild heimlich nachts nach Beweisen sucht, hat
Konny alle Hände voll damit zu tun, die Beerdigung ihrer vermeint-
lich toten Schwester zu arrangieren und alle Hinweise auf deren
fortgesetzte Existenz – und davon gibt es viele, weil Kriemhild nur
bedingt als Geist taugt – zu beseitigen …

Tatjana Kruse, Manche mögen's tot. Die K&K-Schwestern
ermitteln. insel taschenbuch 4710. 320 Seiten.

**»Wir glauben nicht nur an Wunder –
wir verlassen uns drauf!«**

Zwei taffe Schwestern, ein vorgetäuschter Selbstmord und eine SMS
aus dem Grab – es geht wieder turbulent zu in Konnys und Kriemhilds neuestem Fall ...

Während der Beerdigung eines befreundeten Priesters erhalten
Konny und Kriemhild eine SMS des Geistlichen: »Ich wurde ermordet – rächen Sie mich!« Dieser Aufforderung können die beiden Schwestern unmöglich widerstehen, auch wenn die Polizei
das als geschmacklosen Scherz abtut. Kurzerhand quartieren sie
sich im Gästehaus des Klosters ein, in dem der Priester seinen
Lebensabend verbrachte.

Bei ihren unkonventionellen Ermittlungen treten sie nicht nur den
Klosterschwestern auf die Zehen, sie finden auch Blutdiamanten
sowie eine frisch skelettierte Leiche unter dem Refektorium. Noch
dazu will jemand die beiden mit vergiftetem Klosterlikör aus dem
Weg räumen ...

Tatjana Kruse, Zwei Schwestern für ein Halleluja. Die K&K-
Schwestern ermitteln. insel taschenbuch 4796. 276 Seiten. Auch
als eBook erhältlich

»Tatjana Kruse ist der Ladykracher unter den deutschen Krimi-Comedians.« *Focus*

Überall in Deutschland tauchen Leichen auf, die nicht einfach nur tot sind, sondern tätowiert, skalpiert beziehungsweise nach dem Tod neu frisiert und anschließend von Kopf bis Fuß in Plastik eingeschweißt wurden. Das alles erinnert an die perfiden Morde berüchtigter Serienkiller, die nie gefasst wurden, inzwischen allerdings Greise sind und wohl kaum noch mal zugeschlagen haben. Als dann zusätzlich Drogen ins Spiel kommen und ein Bandenkrieg droht, verlangt die Staatsanwaltschaft von der SoKo Resultate.

Die Leiter der SoKo, drei Männer und eine Frau folgen der Spur der Morde von Berlin bis in die Alpen. Wohin auch immer das Team kommt, gibt es »Schwund«, sowohl an Zeugen als auch an Verdächtigen. Und an Leuten, die mit allem gar nichts zu tun haben.

In einer abgelegenen Berghütte kommt es zum filmreifen Showdown. Bei dem sich herausstellt: Es war alles ganz, ganz anders!

Fesselnd, schnörkellos, rasant, mit rabenschwarzem Humor – die neue Thrillerkomödie von Tatjana Kruse

Tatjana Kruse, Schwund. Ein Thriller, aber in heiter. insel taschenbuch 4856. ca. 345 Seiten. Auch als eBook erhältlich

Mit Charme, Chuzpe … und einer Beretta

Glamourös, klug und unabhängig, eine moderne Frau und eine gewitzte Detektivin – das ist Phryne Fisher. Die wohlhabende englische Aristokratin lässt sich in den wilden 1920er Jahren in Melbourne nieder und lebt mit ihren beiden Adoptivtöchtern in St. Kilda, wo sie ihr Single-Dasein in vollen Zügen genießt – und nebenbei einen Mordfall nach dem anderen löst. Nicht immer zur Freude der örtlichen Polizei.

Das kleine Städtchen St. Kilda steht kopf: Der Zirkus ist in der Stadt, und in wenigen Tagen wird die große Blumenparade stattfinden. Und natürlich wird die allseits beliebte Phryne Fisher die »Queen of Flowers« sein. Mitten in den turbulenten Vorbereitungen wird plötzlich eines der Blumenmädchen halbtot am Strand aufgefunden, kurz darauf ist auch Phrynes Adoptivtochter Ruth wie vom Erdboden verschluckt.

Nun ist Phryne Fishers Spürsinn gefragt. Unerschrocken, mit Charme und Chuzpe ermittelt sie zwischen Tee und Tango, unter Puppenspielern und Halunken und schreckt weder vor ehemaligen Liebhabern noch vor Elefanten zurück …

Kerry Greenwood, Tod am Strand. Miss Fishers mysteriöse Mordfälle. Aus dem australischen Englisch von Regina Rawlinson. insel taschenbuch 4705. 361 Seiten.

Phryne Fisher ist zurück – mit Witz, Charme und Sexappeal

Ein Antiquitätenhändler wird tot am Strand von St. Kilda aufgefunden – war es Mord oder Selbstmord? Phryne Fishers Spürsinn ist gefragt. Und als wäre das nicht genug, soll sie noch ein illegitimes Kind ausfindig machen, dem ein großes Erbe winkt. Trotz der nicht endenwollenden Hitzewelle, die Melbourne heimsucht, heißt es nun, einen kühlen Kopf zu bewahren. Unerschrocken, mit Charme und Chuzpe nimmt Phryne Fisher die Ermittlungen auf und muss sich dabei mit unliebsamen englischen Aristokraten, dubiosen Geisterbeschwörern und allerlei merkwürdigen Gestalten herumschlagen …

Glamourös, klug und unabhängig, eine moderne Frau und eine gewitzte Detektivin – das ist Miss Phryne Fisher. Die wohlhabende englische Aristokratin lässt sich in den wilden 1920er Jahren in Melbourne nieder, wo sie ihr Single-Dasein in vollen Zügen genießt – und nebenbei einen Mordfall nach dem anderen löst. Nicht immer zur Freude der örtlichen Polizei.

Kerry Greenwood, Mord in der Mittsommernacht. Miss Fishers mysteriöse Mordfälle. Aus dem australischen Englisch von Regina Rawlinson und Sabine Lohmann. insel taschenbuch 4848. 383 Seiten. Auch als eBook erhältlich.

Musik, Mathematik, Mord – und eine verbotene Liebe

Glamourös, klug und unabhängig, eine moderne Frau und eine gewitzte Detektivin – das ist Miss Phryne Fisher. Die wohlhabende englische Aristokratin genießt ihr Leben im Melbourne der wilden Zwanziger in vollen Zügen – und löst nebenbei einen Mordfall nach dem anderen. Nicht immer zur Freude der örtlichen Polizei.

Ein Orchesterdirigent wird tot aufgefunden – ermordet auf höchst extravagante Weise … Wieder einmal ist Miss Fishers Spürsinn gefragt. Unerschrocken, mit Charme und Chuzpe ermittelt sie zwischen Austern und Räucherlachs, unter merkwürdigen Chormitgliedern und ehemaligen Spionen, schreckt dabei weder vor Kriegsveteranen noch vor Mathematikern zurück und deckt nebenbei noch einen Fall der amourösen Art auf …

»Orchesterdirigenten sterben wie die Fliegen … Ein weiteres actionreiches Abenteuer aus den Goldenen Zwanzigern …«

Kirkus Reviews

Kerry Greenwood, Tod eines Dirigenten. Miss Fishers mysteriöse Mordfälle. Aus dem australischen Englisch von Regina Rawlinson und Sabine Lohmann. insel taschenbuch 4923. 479 Seiten. Auch als eBook erhältlich

**Die Detektivin aus Melbourne –
scharfsinnig, sexy und souverän**

Wenn Monsieur Anatole die gewitzte Detektivin Phryne Fisher
in sein Restaurant einlädt, ist von vorherein klar, dass er ihr nicht
nur seine köstliche Zwiebelsuppe vorsetzen wird, sondern auch
einen Fall für sie hat: Seine Verlobte ist verschwunden, und Miss
Fisher soll herausfinden, wer sie entführt hat.
Alle Spuren führen nach Paris – und Phryne zurück in ihre eigene Vergangenheit zwischen Spanischer Grippe, Rive Gauche und
großen Gefühlen …
Glamourös, klug und unabhängig, eine moderne Frau und eine
gewitzte Detektivin – das ist Miss Phryne Fisher. Die wohlhabende englische Aristokratin lässt sich in den wilden 1920er Jahren in Melbourne nieder, wo sie ihr Single-Dasein in vollen Zügen genießt – und nebenbei einen Mordfall nach dem anderen
löst. Nicht immer zur Freude der örtlichen Polizei.

**Kerry Greenwood, Mord in Montparnasse. Miss Fishers mys-
teriöse Mordfälle.** Aus dem australischen Englisch von Regina
Rawlinson und Sabine Lohmann. insel taschenbuch 4781. 370 Seiten. Auch als eBook erhältlich

Bühne frei für Rosie Winter

Um die Miete bezahlen zu können, bräuchte Rosie Winter – großes Talent und große Klappe – dringend mal wieder ein Engagement. Aber im Kriegsjahr 1942 sind die guten Rollen am Broadway schwer zu kriegen, und für die schlechten hat Rosie leider viel zu viel Temperament. So hält sie sich mit einem Job im Detektivbüro von Jim McCain über Wasser. Bis ihr eines Nachmittags die Leiche ihres Bosses in die Arme fällt.
Miss Winters Hang zum Risiko: ein Krimi mit Witz, Herz und Spannung.

Kathryn Miller Haines, Miss Winters Hang zum Risiko.
Rosie Winters erster Fall. Aus dem Englischen von Kirsten Riesselmann. insel taschenbuch 4896. 488 Seiten. Auch als eBook erhältlich

Starlets, Mafiosi – und ein Mord

Keine Feldpost vom Exfreund, dafür Fleischrationierung und zwei linke Füße beim Vortanzen: Die Laune von Rosie Winter, Broadway-Schauspielerin ohne Engagement, ist in diesem Frühjahr 1943 nicht die beste. Und dann wird auch noch Al verhaftet, Rosies treuer Kumpel aus der New Yorker Unterwelt.

Broadway-Starlet Paulette Monroe wurde erschlagen. Al, ein Muskelprotz im Dienst der Mafia, gesteht die Tat. Klar, dass ihm jeder glaubt. Doch Rosie Winter kennt Al und weiß, dass er kein Mörder ist. Als für die Show, in der Paulette die Hauptrolle hätte spielen sollen, noch Tänzerinnen gesucht werden, sieht Rosie ihre Chance. Zusammen mit ihrer Freundin Jayne macht sie sich daran, Als Unschuld zu beweisen. Mit Witz, Verstand und dem Herzen auf der Zunge ermittelt Rosie Winter wieder in der kriegsgeplagten New Yorker Theaterwelt der 1940er Jahre.

»Ein berauschender Blick zurück in die 40er Jahre, mit Starlets in kurzen Röcken und Mafiosi, die kubanische Zigarren rauchen.« *Kirkus Reviews*

Kathryn Miller Haines, Ein Schlachtplan für Miss Winter. Rosie Winters zweiter Fall. Aus dem Amerikanischen von Kirsten Riesselmann. insel taschenbuch 4957. 487 Seiten. Auch als eBook erhältlich.